De Cock en moord in beeld

A.C. Baantjer

De Cock
en moord in beeld

Fontein Paperback

ISBN 90 261 04452 9
© 1990 Uitgeverij De Fontein bv, Postbus 1, 3740 AA Baarn
Omslag: Studio Combo
Verspreiding voor België: Uitgeverij Westland nv, Schoten

1

Rechercheur De Cock van het aloude politiebureau aan de Amsterdamse Warmoesstraat schoof de laden van zijn bureau dicht, leunde
iets achterover en luisterde naar het rumoer van de straat, dat door
een open raam van de recherchekamer naar binnen waaide... flarden
muziek uit het café op de hoek van de Lange Niezel... het gekweel
van een dronken sloeber, waggelend op pad om beroofd te worden... het liederlijk schelden van een overspannen hoer... het
loeien van een politie-sirene verder weg op het Damrak.

Hij stond op, keek boven de smalle geveltjes aan de overkant van de
straat naar een heldere sikkelvormige maan aan een onbewolkte
hemel, en deed het raam dicht. Daarna blikte hij schuin omhoog naar
de klok aan de wand. Het was bijna elf uur. Nog slechts dertien
minuten scheidden hem van het moment, dat hij zich in zijn oude, te
nauw geworden regenjas kon wringen om naar huis te gaan, waar
zijn lieve vrouw hem, traditiegetrouw, met een beker warme chocolademelk opwachtte.

De oude rechercheur ging weer zitten, drukte zijn stoel op wieltjes
iets naar achteren, strekte zijn benen en legde met een zoete zucht
van verlichting zijn beide voeten op een punt van zijn bureau.

Dick Vledder, zijn jonge assistent, keek hem aan. Op zijn gezicht
lag een zorgelijke trek.

'Moeie voeten?'

De Cock schudde lachend zijn hoofd.

'Gelukkig niet.'

De jonge rechercheur strekte zijn rechterhand naar hem uit. 'De
manier, waarop jij jouw beide voeten op het bureau tilde...' Hij
maakte zijn zin niet af.

De Cock gniffelde.

'Er zitten nog wel degelijk kleine duiveltjes in mijn kuiten. Maar
waarom zouden ze mij kwellen? We hebben op het moment geen
enkele zaak onder handen, die mij zorgen baart.' Hij wees naar de
laden van zijn bureau.

'Routinewerk... een oplichting, een verduistering, twee kleine in-
braken en verder een nogal gecompliceerd geval van laster.'

Vledder keek hem verrast aan.

'Een geval van laster?' vroeg hij. 'Daar weet ik niets van.'

De Cock knikte traag voor zich uit.

'Dat heb ik vanmiddag in behandeling gekregen. Commissaris Buitendam gaf mij het dossier. Hij had het ontvangen van Mr. Medhuizen, onze nieuwe officier van justitie, met het verzoek om de zaak aan mij op te dragen.'

Vledder keek bedenkelijk.

'Ik ben niet zo erg gesteld op de dossiers, die Mr. Medhuizen jou aanreikt. Die treinmoorden hebben ons destijds een hoop werk bezorgd.*' Hij zweeg even nadenkend. 'Ik kan mij niet herinneren, dat wij ooit een zaak van laster hebben behandeld.'

De Cock schudde zijn hoofd.

'Het komt ook heel weinig voor. Wat in de volksmond "laster" wordt genoemd is wettelijk in de regel "smaad" of "smaadschrift".'

Hij gebaarde opnieuw naar de laden van zijn bureau. 'Dit is in feite ook geen laster, maar een lasterlijke aanklacht, strafbaar gesteld in artikel 268 van ons Wetboek van Strafrecht.' De oude rechercheur grinnikte. 'Ik zal niet proberen om je het verschil uit te leggen. Dat is meer een zaak voor juristen.'

Vledder spreidde zijn handen.

'Wat is er dan gebeurd?'

De Cock antwoordde niet direct. Op zijn voorhoofd verschenen een paar dwarse denkrimpels.

'In het kort,' begon hij voorzichtig, 'komt het hier op neer... een laborant, genaamd Peter van Lunteren, had in Den Haag bij het ministerie van Volkshuisvesting, Ruimtelijke Ordening en Milieuhygiëne een klacht ingediend tegen zijn vroegere werkgever, Chemie IJsselstein. Hij beschuldigde het bedrijf van illegale giflozingen in de Amstel.'

Vledder trok een vies gezicht.

'In de Amstel?' vroeg hij ongelovig.

De Cock knikte met een ernstig gezicht.

'Chemie IJsselstein heeft aan de Amstel, in de buurt van Uithoorn, een vrij grote vestiging, waar die Peter van Lunteren enige jaren als laborant heeft gewerkt. Peter van Lunteren schreef in zijn klacht aan het ministerie, dat hij onmiddellijk zijn ontslag heeft ingediend op het moment, dat hij wist, dat het bedrijf vrij regelmatig de kankerverwekkende stof nitrobenzeen in het water van de Amstel loosde.

* zie: De Cock en moord eerste klasse

6

In een bedrijf met zulke misdadige praktijken, zo stelde hij, wilde hij geen seconde langer werken.'

Vledder keek hem gespannen aan.

'En?'

De Cock zuchtte.

'De leiding van Chemie IJsselstein ontkent in alle toonaarden gif in de Amstel te hebben geloosd. Zij noemt de aantijgingen van Peter van Lunteren pure onzin... leugens... fantasieën van een verknipte geest... en ze hebben onze officier van justitie verzocht om tegen hun vroegere werknemer een strafrechtelijke vervolging in te stellen ter zake een lasterlijke aanklacht... de directie van Chemie IJsselstein acht zich door de beweringen van Peter van Lunteren in haar eer en goede naam aangetast... zij vreest ook ernstige financiële consequenties voor het bedrijf als hun vroegere laborant zijn beschuldiging blijft rondbazuinen.'

'En dat doet hij?'

De Cock knikte.

'Peter van Lunteren heeft geprobeerd om zijn verhaal gepubliceerd te krijgen. Maar dat is hem nog steeds niet gelukt. De kranten zijn uiterst voorzichtig in hun berichtgeving.'

'Waarom?'

'Peter van Lunteren schijnt zijn beweringen niet afdoende met bewijzen te kunnen staven. Het blijft alles wat onduidelijk... vaag.'

Vledder keek hem niet-begrijpend aan.

'Heeft het ministerie van Milieuhygiëne na die klacht van Peter van Lunteren dan geen onderzoek naar mogelijke giflozingen laten instellen?'

'Dat weet ik niet. Men zou toch verwachten, dat het VROM* een of andere milieu-opsporingsinstantie met een onderzoek had belast. Maar of dat is gebeurd, weet ik niet. In het dossier wordt niet over een dergelijk onderzoek gesproken. En ik krijg uit de stukken de indruk, dat Chemie IJsselstein zich sterk voelt.'

Vledder kneep zijn lippen op elkaar.

'Dus Peter van Lunteren wordt het haasje?'

De Cock krabde zich achter in zijn nek.

'Daar heeft het alle schijn van.'

De jonge rechercheur snoof.

* Ministerie van Volkshuisvesting, Ruimtelijke Ordening en Milieuhygiëne

'Waarom heb jij dat dossier gekregen... is het wel een Amsterdamse zaak?'
De Cock knikte.
'Het hoofdkantoor van Chemie IJsselstein is in Amsterdam gevestigd, in ons district, aan de Keizersgracht. Ook die laborant... die Peter van Lunteren, schijnt in Amsterdam te wonen... een pas gerenoveerd pandje ergens in de Jordaan, op de Egelantiersgracht, als ik mij goed herinner.'
Vledder boog zich iets naar voren.
'Hoe ga je die zaak aanpakken?'
De Cock glimlachte.
'Het is een goede gewoonte om eerst de klager of klagers te benaderen... in dit geval van een lasterlijke aanklacht zijn dat de directieleden van Chemie IJsselstein... en te vragen of zij bij hun schriftelijke klacht blijven volharden... zoals dat heet. Doet zij dat, dan wens ik uiteraard over de gang van zaken goed geïnformeerd te worden... waarna ik Peter van Lunteren als verdachte verhoor.' Hij grinnikte.
'Het is in feite een simpele zaak.'
Vledder knikte begrijpend.
'Zal Chemie IJsselstein doorgaan met het lozen van dat kankerverwekkende spul?'
De Cock keek zijn jonge collega schuins aan.
'Jij gelooft, dat die Peter van Lunteren gelijk heeft en dat Chemie IJsselstein bij Uithoorn wel degelijk nitrobenzeen in de Amstel heeft geloosd?'
In zijn stem trilde verwondering.
Vledder knikte heftig.
'Ik heb weinig vertrouwen in die grote machtige chemische bedrijven. Denk maar eens aan het Westduitse chemiebedrijf BASF. Daar gebeuren regelmatig ongelukjes waardoor er gif in de Rijn vloeit... terwijl men toch deksels goed weet, dat Nederland zijn drinkwater voor een groot deel uit die rivier betrekt.' De jonge rechercheur wond zich op.
'Peter van Lunteren heeft het volgens mij alleen totaal verkeerd gespeeld. Hij had na de giflozingen onder toezicht van enkele getuigen zelf monsters moeten nemen van het water van de Amstel en die monsters door een onafhankelijk laboratorium moeten laten onderzoeken of ze werkelijk nitrobenzeen bevatten. Men mag toch verwachten, dat hij als laborant weet hoe dat in zijn werk gaat?'

De Cock maakte een wrevelig gebaar.

'Wat heeft het voor zin om nu al over de persoon van Peter van Lunteren te speculeren,' riep hij geëmotioneerd. 'Wat is die man voor mij? Niet meer dan een naam... een naam uit een dossier. We hebben nog niet met hem gesproken... weten niet wat voor een soort man hij is. Misschien is hij veel slimmer dan wij denken... heeft hij toch nog iets achter de hand... een bewijsvoering, dat Chemie IJsselstein zich wel degelijk schuldig heeft gemaakt aan illegale giflozingen in de Amstel... misschien wacht hij alleen zijn tijd af... een gunstig moment om zijn bewijzen op tafel te brengen.'

De oude rechercheur zweeg, nam zijn voeten van zijn bureau, stond op en slenterde naar de kapstok.

Hij had net zijn rechterarm in de mouw van zijn regenjas gewurmd, toen er op de deur van de recherchekamer werd geklopt.

De Cock keek schichtig omhoog naar de klok aan de wand. Het was nog één minuut voor elf. Even sloot hij zijn ogen, dacht met een zucht aan zijn dampende beker warme chocolademelk en hing zijn oude regenjas weer aan de haak.

Vledder riep: 'Binnen.'

De deur ging langzaam open en in de deuropening verscheen een jonge knappe vrouw. De Cock bleef bij de kapstok staan en liet zijn blikken bewonderend langs haar fraai slank figuur glijden. Hij schatte haar op rond de vijfentwintig jaar. Ze droeg een mosgroen mantelpakje van grove tweed, waarvan de rok volgens de strenge maatstaven van De Cocks puriteinse ziel beslist te kort was.

Haar lange benen onder het rokje eindigden in een paar korte laarsjes en op haar hoofd stond schuin een fantasierijk jagershoedje met een pluim, waaronder een weelde aan lichtblond haar golfde.

Ze keek even weifelend om zich heen. Toen ze de oude rechercheur in het oog kreeg, liep ze op hem toe, traag, gracieus, met de sierlijke bewegingen van een geroutineerde mannequin.

'U... eh, u bent rechercheur De Cock?'

De grijze speurder knikte.

'De Cock,' herhaalde hij haast automatisch, 'met... eh, met ceeoo-ceekaa.'

Om haar volle lippen kwam een voorzichtige glimlach.

'Mr. Medhuizen had mij voorspeld, dat u zo zou reageren,' sprak ze vriendelijk.

De Cock fronste zijn wenkbrauwen.

'Mr. Medhuizen... onze officier van justitie?' vroeg hij met hoorbare argwaan.

Ze knikte.

'Ik was vanavond bij Mr. Medhuizen thuis. Ik had via via zijn privé-adres weten te bemachtigen. Ik wilde hem per se spreken. Hij heeft mij ook heel netjes ontvangen en mij daarna naar u verwezen.'

De Cock keek haar schattend aan.

'Het is niet gebruikelijk, dat men officieren van justitie, zonder enige afspraak, op hun privé-adres bezoekt... en wordt ontvangen. Het moet wel een ernstige zaak zijn?'

Ze knikte nadrukkelijk.

'Het is een zaak van leven of dood.'

De Cock beluisterde de toon waarop ze sprak en analyseerde angst en vertwijfeling. Hij bleef even besluiteloos staan, vatte haar toen vertrouwelijk bij de arm en leidde haar naar de stoel naast zijn bureau.

Vanuit de hoogte keek hij toe hoe ze bezit van de zetel nam en haar lange slanke benen over elkaar sloeg. Eerst daarna ging hij zelf achter zijn bureau zitten, boog zich iets naar haar toe en nam haar nog eens goed in zich op.

Haar lief ovaal gezicht, vond hij, had regelmatige trekken met een iets uitstekende kin en grote helgroene ogen, die zo nu en dan vreemd, fluorescerend schenen op te lichten.

'U weet inmiddels van mij, dat ik rechercheur De Cock ben,' opende hij het gesprek vriendelijk, 'maar ik weet nog steeds niet wie u bent.'

Er kwam een blos op haar wangen.

'Neemt u mij niet kwalijk,' sprak ze verontschuldigend. 'Mijn naam is Angelique... Angelique Sondervan. Ik dacht, eerlijk gezegd, dat Mr. Medhuizen u wel van mijn komst had verwittigd.'

De Cock schudde zijn hoofd.

'Als u een minuut later was gekomen, had u mij hier niet meer getroffen.'

Angelique Sondervan leek geschrokken.

'En u moet hem nu onmiddellijk gaan zoeken... hem opsporen.'

'Wie?'

'Mijn vriend. Hij is sinds gistermiddag twee uur verdwenen... zo maar... spoorloos. Ik heb alles afgebeld. Hij is nergens.'

De Cock keek haar niet-begrijpend aan.

'Wie is uw vriend?'

Angelique slikte en haar onderlip trilde.
'Peter… Peter van Lunteren.'

2

De Cock plukte nadenkend aan zijn onderlip.

'Peter van Lunteren en u wonen samen?'

Angelique Sondervan knikte.

'Al meer dan een jaar.'

'Toen hij gistermiddag zo rond de klok van twee uur uw gezamenlijke woning verliet, had Peter toen een afspraak met iemand?'

Angelique Sondervan haalde haar schouders op.

'Dat weet ik niet. Dat heeft hij niet gezegd. Hij zei alleen: ik ga even
weg.'

De Cock wuifde in haar richting.

'En u vroeg niet... waarheen?'

Angelique Sondervan schudde haar hoofd.

'Dat deed ik nooit. Het was een onderdeel van onze afspraak. Toen
Peter en ik gingen samenwonen, zijn we overeengekomen, dat wij
ieder zoveel mogelijk onze individuele vrijheid zouden behouden.
Het moest niet zo zijn, vonden wij, dat samenwonen betekent, dat de
een een claim legt op de ander.'

De Cock fronste zijn wenkbrauwen en wreef daarna over zijn brede
kin. De oude rechercheur had even moeite met het besef, dat een
discussie over relatievormen nu geen enkele zin had.

'Toen u Peter van Lunteren leerde kennen,' ging hij geduldig verder,
'werkte hij toen al als laborant bij Chemie IJsselstein?'

Angelique Sondervan knikte nadrukkelijk.

'Zeker. Hij had daar een goede job. Ik vind het stom, dat hij ontslag
heeft genomen.'

'U kent de reden van dat ontslag?'

Angelique Sondervan antwoordde niet. Ze friemelde met de toppen
van haar vingers nerveus aan de zoom van haar korte rokje.

De Cock keek haar strak aan.

'U kent de reden van zijn ontslag?' vroeg hij dwingender.

Angelique Sondervan zuchtte.

'Peter verdenkt de leiding van het bedrijf van illegale giflozingen in
de Amstel.'

De Cock kneep zijn ogen half dicht.

'Ver-denkt hij dat? Ik bedoel, is het alleen een vermoeden of weet hij
het zeker?'

Angelique Sondervan draaide haar hoofd weg. Het onderwerp en de vraagstelling van de oude rechercheur brachten haar zichtbaar in de war.

De Cock liet haar even begaan.

'Waarom ging u vanavond naar Mr. Medhuizen?'

'Omdat Peter weg is.'

De Cock glimlachte fijntjes.

'Maar waarom juist naar die Mr. Medhuizen? U had toch ook rechtstreeks aan mij... of aan elke rechercheur... aan elk politiebureau... de vermissing van Peter kunnen melden?'

Angelique Sondervan verschoof iets op haar stoel.

'Ik wilde het juist aan hem vertellen.'

'Waarom?'

'Ik vond, dat hij in de eerste plaats de man was, die het behoorde te weten, dat Peter was verdwenen. Mr. Medhuizen heeft als officier van justitie een zaak tegen Peter in behandeling... een klacht van Chemie IJsselstein ter zake laster.'

De Cock reageerde verrast.

'Hoe weet u dat?'

Angelique Sondervan keek naar hem op. Haar helgroene ogen vonkten kwaadaardig en om haar mond lag een verbeten trek.

'Enige dagen geleden,' reageerde ze fel, 'heeft Peter van Chemie IJsselstein... een bedrijf waarvoor hij zich altijd heeft uitgesloofd... een kille brief gekregen, waarin stond, dat de directie bij Mr. Medhuizen, officier van justitie in Amsterdam, contra Peter een klacht ter zake laster had ingediend.

Ze zullen ook een civielrechtelijke procedure tegen Peter aanhangig maken als het bedrijf, zo schreven zij, door toedoen van Peter aanwijsbare schade heeft geleden.'

De Cock schoof zijn onderlip vooruit.

'Dat kan nog weleens in de papieren lopen,' sprak hij somber. 'Aanwijsbare schade is in het civiele recht een rekbaar begrip.'

Angelique Sondervan sloeg plotseling haar beide handen voor haar gezicht en haar lichaam trilde.

'Het is ook zo stom,' snikte ze. 'Zo oerstom. En hij is ook zo verrekte eigenwijs.' Ze nam haar handen van haar gezicht weg. Tranen gleden over haar wangen, drupten op haar korte rokje. 'Ik heb het hem nog zó afgeraden... maar hij moest en zou een brief naar het VROM in Den Haag schrijven. Peter vond dat het zijn plicht

13

was... als burger.' Haar volle lippen vergleden in een wrange grijns. 'Eerst na een dag of tien zijn er mensen gekomen om een paar watermonsters van de Amstel te nemen. Toen was er in het water natuurlijk geen gif meer te bekennen... alles weggestroomd.'

De Cock knikte begrijpend.

'Peter van Lunteren,' sprak hij triest, 'heeft dus geen enkel bewijs, dat er door Chemie IJsselstein werkelijk giflozingen hebben plaatsgevonden?'

Angelique Sondervan schudde haar hoofd.

'Dat heeft hij niet. Peter was daar erg verdrietig over. Hij had verwacht, dat men in Den Haag veel sneller op zijn brief zou reageren. Ik ben stom geweest, zei hij steeds; ik had onmiddellijk zelf watermonsters van de Amstel moeten nemen.'

De Cock strekte zijn handen naar haar uit.

'Ik begrijp het niet,' riep hij vertwijfeld. 'Waarop baseerde Peter zijn verdenkingen... wat was er in dat bedrijf aan de Amstel gebeurd... had hij iets gezien... gehoord?'

Angelique Sondervan ademde diep.

'Volgens Peter stonden er in de vestiging van Chemie IJsselstein aan de Amstel tientallen vaten met het zeer giftige en kankerverwekkende nitrobenzeen en plotseling waren die vaten leeg. En niemand wist wat er met de inhoud was gebeurd.'

De Cock maakte een grimas.

'Conclusie van Peter van Lunteren... illegaal in de Amstel geloosd?'

Angelique Sondervan knikte traag voor zich uit.

'Inderdaad,' sprak ze zacht, 'dat was de conclusie van Peter.' Ze zweeg even en staarde nadenkend voor zich uit.

'Peter is een lieve jongen,' ging ze na een poosje vertederd verder. 'Dat is hij... eerlijk... dat kunt u van mij geloven. Ik houd van hem... oprecht... maar hij is vaak veel te bruisend... te impulsief.' Ze slaakte een diepe zucht. 'Ik vrees, dat het nu zijn dood wordt.'

De Cock proefde de toon. Hij keek haar onderzoekend aan. Haar gezicht zag bleek. De opgedroogde tranen hadden haar make-up verveegd. Ze zag er ontredderd uit en het vreemde jagershoedje scheen niet meer bij haar te passen. De oude rechercheur boog zich vertrouwelijk naar haar toe.

'U vreest voor zijn leven?'

Angelique Sondervan knikte.

'Ik ben bang,' sprak ze zacht, bijna fluisterend. 'Ik ben bang, dat hij niet meer leeft.'

De Cock peilde haar gelaatstrekken.

'Waarom?'

Angelique Sondervan vouwde haar handen in haar schoot. Het was een bijna devoot gebaar.

'Gistermorgen lag er een brief bij ons in de bus... anoniem... gericht aan Peter... binnenkort drijft je lijk in de Amstel... stond er... dan weten we zeker, dat het water gif bevat.'

Toen De Cock de volgende morgen, tegen zijn gewoonte in, op tijd de grote recherchekamer binnenstapte, trof hij Vledder al achter zijn bureau. De jonge rechercheur zat gebogen over een aantal stukken. De Cock zeilde vanaf de deur zijn oude hoedje naar de kapstok, miste, trok zijn regenjas uit en bukte naar zijn trouwe hoofddeksel. Vledder keek even op.

'Je moet eens beter leren mikken.'

De Cock slenterde met een grijns op zijn gezicht naar hem toe. 'Eens lukte het mij.' Hij wees naar de stukken op het bureau van de jonge rechercheur. 'Wat heb je daar voor moois?'

'Dat dossier van de lasterlijke aanklacht van Chemie IJsselstein tegen hun vroegere werknemer Peter van Lunteren. Ik heb het even uit de lade van jouw bureau gehaald en doorgenomen.'

De Cock ging tegenover hem zitten.

'En?'

'Ik vind, dat Peter van Lunteren toch wel erg onnozel heeft gehandeld. Ik heb in de stukken een afschrift gevonden van de brief, die hij naar het VROM in Den Haag heeft gestuurd... de brief, waarin hij Chemie IJsselstein van illegale giflozingen beschuldigt. Ik vermoed, dat hij het origineel en het afschrift gelijktijdig heeft verzonden... met dezelfde post. Er was geen enkel moment van verrassing meer. Chemie IJsselstein had tijd genoeg om adequaat op de beschuldiging te reageren.'

De Cock trok zijn schouders iets op.

'Ik denk, dat Peter van Lunteren heeft gedacht, dat watermonsters van de Amstel een afdoende bewijsvoering zouden opleveren.' Hij wees voor zich uit. 'Zijn er al reacties gekomen op ons verzoek tot opsporing?'

Vledder schudde zijn hoofd.

15

'Ik heb nog niets gezien of gehoord. Maar het is nog vroeg. Het telexbericht is gisteravond pas laat uitgegaan.'

De Cock knikte instemmend.

'Maar als die Peter van Lunteren morgen nog niet boven water is, moeten we toch maar een persberichtje klaarmaken.' De oude rechercheur zweeg even en keek Vledder onderzoekend aan. 'Heb je haar gisteravond netjes thuisgebracht?'

De jonge rechercheur glimlachte.

'We hebben samen nog een tijdlang in de papieren van Peter van Lunteren gesnuffeld. Ik had wel belangstelling voor die anonieme dreigbrief, die hij had ontvangen. Vooral de tekst intrigeerde mij. Maar we hebben de brief niet kunnen vinden. Angelique Sondervan denkt, dat Peter die brief bij zich heeft gestoken, toen hij eergisteren de woning verliet.'

De Cock tuitte zijn lippen.

'Dat kan,' reageerde hij simpel.

Vledder trok zijn gezicht in een ernstige plooi.

'Angelique Sondervan is er van overtuigd,' sprak hij somber, 'dat die vreemde dreigbrief afkomstig is van Chemie IJsselstein en dat de directie van die onderneming ook verantwoordelijk is voor de spoorloze verdwijning van Peter van Lunteren.'

'Heeft ze gronden voor die overtuiging?'

'Angelique zegt, dat de leiding van Chemie IJsselstein uit een stelletje schurken bestaat... tot alles in staat.'

De Cock stond glimlachend op en beende naar de kapstok.

Vledder wierp haastig het dossier in een lade van zijn bureau en kwam hem na.

'Waar ga je heen?'

De oude rechercheur draaide zich half om.

'Een stelletje schurken met een bezoek vereren.'

Het was gezellig druk op het Damrak. Tussen een vloot van statige witte cumuluswolken scheen de zon en een zacht windje deed de vlaggen aan de masten van de steigers van de rondvaartboten vrolijk wapperen. Fraaie bussen voerden stromen toeristen aan en een straatorgel dreunde een loflied op de Jordaan. Amsterdam was op zijn paasbest.

De twee rechercheurs sjokten rustig over het brede trottoir in de richting van de Dam.

De Cock schoof zijn oude hoedje iets naar achteren en knoopte zijn regenjas los. Het milde lentezonnetje deed hem goed. Hij plooide zijn lippen om een lied te fluiten, maar hield de tonen binnensmonds, omdat naar zijn gevoel de klassieke Sinterklaasdeun *O, kom er eens kijken* nu niet in het decor paste.

Vanaf de Dam liepen ze achter het Koninklijk Paleis om naar de Raadhuisstraat en sloften daarna rechtsaf de Keizersgracht op.

De Cock bleef even staan en genoot van het uitzicht. Het frisse prille groen aan de uitbottende bomen gaf een feestelijk voorjaarstintje aan de oude gracht.

Bij een statig grachtenhuis bestegen de rechercheurs de blauwstenen treden naar het bordes.

Naast een zware groengelakte toegangsdeur hing een glimmend gepoetste koperen plaat met 'Chemie IJsselstein' in zwarte verzonken letters.

Onder het imposante naambord drukte De Cock op een kleine bouton. Het duurde even, toen klonk achter de deur het klikken van een elektrisch slot. De oude rechercheur duwde de zware deur zachtjes open en ging naar binnen. Vledder volgde.

Na de hal kwamen ze in een brede met roze marmer beklede gang met guirlandes boven de deuren en gestileerde wulpse engeltjes aan het plafond.

Rechts aan de muur, op ooghoogte, was een soort loket. Een harige hand schoof het open en het hoofd van een man met een platte pet werd zichtbaar.

'Waar komen de heren voor?' bromde hij.

De Cock nam beleefd zijn hoedje af.

'Wij zijn rechercheurs van politie, verbonden aan het bureau Warmoesstraat. Wij wilden graag de directie spreken.'

'Welke directie?'

'Van Chemie IJsselstein.'

De man met de platte pet grinnikte.

'Dat snap ik. Maar wie van de directie?'

De Cock stapte wat dichter naar het loket.

'U bent hier portier?' vroeg hij met enige argwaan.

De man met de platte pet schudde zijn hoofd.

'De portier moest een boodschap doen. Ik neem het even voor hem waar. Ik ben chauffeur... particulier chauffeur van de heer Van Abbekerken.'

De Cock glimlachte.
'En... eh, die heer Van Abbekerken is hoofd van de directie?'
gokte hij.
De man met de platte pet knikte.
'Heel goed.'
'Is hij aanwezig?'
'De heer Van Abbekerken?'
'Ja.'
'Hij zit op zijn kantoor. Zal ik u even aandienen?'
'Graag.'
Enige seconden later stapte hij uit de deur naast het loket... een
flink gebouwde man in een donkergrijs uniform. Hij liep voor de
rechercheurs uit verder de marmeren gang in. Bijna aan het einde
van de gang bleef hij staan, nam zijn platte pet af en beduidde de
beide rechercheurs om even te wachten. Hij klopte aan de linker-
kant op een brede deur en ging naar binnen. Kort daarna kwam hij
weer naar buiten en hield de deur uitnodigend voor hen open.
'Meneer kan u ontvangen.'
Achter een groot, imponerend, halfrond bureau zat een corpulente
man met een sigaar in zijn brede mond. De Cock schatte hem op
achter in de veertig. Hij had een bol, vlezig gezicht met opvallend
blauwe ogen. Zijn donkerblonde, strak achterovergekamde haren,
waren grijs aan de slapen.
De man nam de sigaar uit zijn mond, legde die op een asbak, kwam
overeind en stak lachend zijn hand vooruit.
'Rechercheur De Cock,' baste hij joviaal, 'met cee-oo-cee-kaa.
Mr. Medhuizen had mij gezegd, dat hij de zaak aan u zou opdra-
gen.'
De grijze speurder lachte niet. Hij hield er niet van als men de
draak stak met zijn hebbelijkheid om zijn naam voluit te spellen.
Hij drukte de hem toegestoken hand en gebaarde naast zich. 'Mijn
collega Vledder.' Hij keek de man voor zich strak aan. 'En u bent?'
vroeg hij koeltjes.
De man nam de lach van zijn gezicht.
'Van Abbekerken... Charles van Abbekerken.'
'Uw onderneming blijft bij die klacht tegen Peter van Lunteren
volharden?'
Charles van Abbekerken knikte.
'Zeker.' Hij kwam achter zijn bureau vandaan en gebaarde naar

een paar leren fauteuils om een ronde tafel bij het raam. 'Zullen we daar even gaan zitten. Dat is wat gemoedelijker.'

De Cock knikte. Hij wachtte tot Van Abbekerken had plaatsgenomen en liet zich toen tegenover hem in een fauteuil zakken. Zijn oude hoedje legde hij naast zich op het parket.

'U begrijpt,' opende hij zakelijk, 'dat ik voor het proces-verbaal, dat ik dien op te maken, nog wat aanvullende informatie nodig heb.'

Charles van Abbekerken leunde iets achterover en glimlachte. 'Een leuke jongen... die Peter van Lunteren... dacht even snel rijk te worden.'

De Cock keek hem verrast aan.

'Snel rijk?' vroeg hij niet-begrijpend.

Charles van Abbekerken knikte.

'Hij vroeg vijf miljoen.'

3

De mond van De Cock viel open van verbazing.

'Vijf miljoen,' stamelde hij. 'Vroeg Peter van Lunteren vijf miljoen?'

Charles van Abbekerken grinnikte.

'Dat vroeg hij. IJskoud. Er vertrok geen spier van zijn gezicht.'

De Cock slikte.

'Vijf miljoen... zoveel heb ik nog nooit in het kerkezakje gedaan.

'Vroeg Peter van Lunteren die vijf miljoen rechtstreeks van u?'

Charles van Abbekerken spreidde zijn beide handen.

'Uiteraard niet van mij persoonlijk, maar van Chemie IJsselstein.'

De Cock fronste zijn wenkbrauwen.

'Waarvoor?'

Charles van Abbekerken boog zich wat voorover en perste zijn dikke lippen op elkaar. 'Zwijggeld,' siste hij van tussen zijn tanden. 'Zwijggeld... voor vijf miljoen gulden, gestort op een Zwitserse bank, was meneer Van Lunteren bereid om te zwijgen over zijn wetenschap, dat onze vestiging bij Uithoorn illegale giflozingen in de Amstel had gedaan.' De directeur snoof verachtelijk. 'En nog wel nitrobenzeen... een smerig spul dat kanker verwekt.'

'Heeft Peter van Lunteren de naam van die Zwitserse bank genoemd?'

Charles van Abbekerken schudde zijn hoofd.

'Zover heb ik het niet laten komen.'

De Cock keek de man voor zich scherp aan.

'U sprak over we-ten-schap... welke wetenschap had laborant Peter van Lunteren?'

Charles van Abbekerken wond zich zichtbaar op.

'Onzin... wetenschap,' riep hij fel. 'Peter van Lunteren, onze laborant, had geen enkele wetenschap... maar dan ook geen enkele... en kon die ook niet hebben en wel om de simpele reden, dat ons bedrijf zich nog nooit met illegale giflozingen heeft beziggehouden.'

Hij bonkte ritmisch met zijn vuist op de leuning van zijn fauteuil.

'Vanuit onze vestiging bij Uithoorn is nog nooit een druppel gif in de Amstel gevloeid... zelfs niet per ongeluk. Er bestaan bij ons duidelijk omlijnde voorschriften, waaraan strikt de hand wordt gehouden. Van Chemie IJsselstein kan gezegd worden, dat zij zeer zorgvuldig met het milieu omgaat.'

De Cock luisterde gespannen naar de woorden van Charles van Abbekerken, proefde de waarde van elke toon en kon zich niet aan de indruk onttrekken, dat de directeur van Chemie IJsselstein niet een spontane uiteenzetting gaf, maar een afgewogen en ingestudeerd betoog hield. De oude rechercheur kwam iets op zijn fauteuil naar voren.

'Hoe hebt u op dat verlangen van vijf miljoen gereageerd?'

Charles van Abbekerken plooide zijn vlezig gezicht in een grimas.

'Ik heb hem vierkant uitgelachen en hem spottend gevraagd of hij ook met ietsje minder genoegen wilde nemen.'

'En?'

In de ogen van Charles van Abbekerken flikkerde een kwaadaardig vuur. 'Toen Peter van Lunteren op die grap van mij serieus inging en vroeg welk bedrag ik dan in het hoofd had, ben ik toch echt even buiten zinnen geraakt. Ik heb hem joelend en schreeuwend hier mijn kamer uitgejaagd. Wat was ik woest. Hij moest maken dat hij wegkwam, anders had ik hem op zijn brutale bek geslagen.'

De Cock knikte begrijpend.

'U hebt van die poging tot afpersing geen aangifte gedaan... bij de justitie of politie?'

Charles van Abbekerken schudde zijn hoofd.

'Mijn ervaring is, dat men aan dergelijke zaken beter geen ruchtbaarheid kan geven. Er zijn altijd wel lieden, die op een idee worden gebracht. Wij, Chemie IJsselstein, zijn ook niet de enige onderneming bij wie pogingen tot afpersing worden gedaan... brouwers van bier... makers van frisdranken... koffiebranders... sinaasappelproducenten... noem maar op... eens in de zoveel tijd krijgen zij met dergelijke onfrisse praktijken te maken.'

De Cock hield zijn hoofd iets schuin.

'Hebt u Peter van Lunteren na zijn poging tot afpersing ontslagen?'

'Nee, waarom? Hij was een goede laborant... al jaren bij ons in dienst. Je moet een dergelijke uitspatting van zo'n vent niet overdrijven. En een ieder krijgt weleens een moment de kolder in zijn kop. Ik heb zijn directe chef wel de opdracht gegeven om hem een beetje in de gaten te houden.'

'Hij heeft zelf zijn ontslag genomen?'

Charles van Abbekerken knikte.

'Ongeveer een maand daarna.' Hij grinnikte vreugdeloos. 'En twee dagen later stuurde hij ons doodleuk het afschrift van een brief, die hij naar het VROM in Den Haag had gestuurd en waarin hij ons beschuldigde van illegale giflozingen in de Amstel.'

'Die beschuldiging is vals?'

Charles van Abbekerken zwaaide heftig met zijn armen.

'Ja, natuurlijk is die vals,' reageerde hij fel. 'Ik dacht, dat ik duidelijk genoeg was geweest... Chemie IJsselstein loost geen gif in de Amstel.'

De Cock kneep zijn ogen half dicht.

'Wat voor zin heeft het voor Peter van Lunteren om een dergelijke beschuldiging te doen? Hij kan er alleen maar slechter van worden... strafvervolging... een civiele procedure.'

Charles van Abbekerken boog zich met een ruk naar voren.

'Dat moet u aan Peter van Lunteren vragen,' antwoordde hij bits. 'Niet aan mij. Het zal een wraakoefening van hem zijn... rancune, omdat ik destijds niet op zijn poging tot afpersing ben ingegaan.'

De Cock streek met zijn pink over de rug van zijn neus.

'Dat kan,' reageerde hij rustig. 'Inderdaad... wraak zou mogelijk een motief kunnen zijn.'

Het klonk niet erg overtuigend. De oude rechercheur zweeg even en strekte daarna zijn wijsvinger naar Charles van Abbekerken uit.

'Wie zijn er buiten u nog op de hoogte van het feit, dat Peter van Lunteren een poging tot afpersing deed?'

'De andere leden van de directie. Ik moest hen wel verwittigen.'

'Wie zijn dat... die andere leden van de directie van Chemie IJsselstein?'

'De heren Aardenburg, Achterberg en Akersloot.'

De Cock gniffelde.

'Met Van Abbekerken maakt dat viermaal A.'

Charles van Abbekerken glimlachte.

'Het is louter toeval, dat onze namen met dezelfde letter beginnen. Maar het personeel spot ermee. Men noemt de directie van Chemie IJsselstein al jaren: "Zeg eens A".'

De Cock lachte niet. De oude rechercheur pakte zijn hoedje van het parket en stond op.

'Ik zal uw verklaring, zoals ik die heb aangehoord, samenvatten en dan leg ik u haar een dezer dagen ter ondertekening voor.' Hij sjokte groetend de kamer uit.

Bij de deur draaide hij zich om en slenterde terug naar de corpulente directeur, die puffend uit zijn fauteuil overeind was gekomen. 'Hoe zou u het vinden,' vroeg hij wat verstrooid, 'als binnenkort het lijk van Peter van Lunteren in de Amstel dreef?'
Charles van Abbekerken keek hem secondenlang aan. Om zijn mond speelde een duivelse grijns.
'Dan weten we zeker,' spotte hij, 'dat het water van de Amstel gif bevat.'

Ze liepen langzaam van de Keizersgracht via de Raadhuisstraat terug naar de Dam.
Vledder blikte opzij. 'Heb je het gehoord?'
'Wat?'
'Het antwoord van die Charles van Abbekerken op jouw vraag hoe hij het zou vinden als binnenkort het lijk van Peter van Lunteren in de Amstel dreef.'
De Cock knikte traag.
'Dan weten we zeker, dat het water van de Amstel gif bevat.'
'Dat is dezelfde zin als in de dreigbrief, die Peter van Lunteren heeft ontvangen.'
De Cock trok achteloos zijn schouders op.
'Wat wil je er mee doen... bewijzen, dat Charles van Abbekerken de schrijver van die dreigbrief is?'
Vledder trok een verongelijkt gezicht.
'Het is toch opmerkelijk.'
De Cock knikte.
'Er zijn naar mijn gevoel,' bromde hij, 'bij Chemie IJsselstein veel meer dingen opmerkelijk.' Hij keek vragend opzij. 'Zou jij bijvoorbeeld een werknemer, die op een slinkse manier probeert om je vijf miljoen gulden afhandig te maken, nog gewoon in loondienst houden?'
Vledder maakte een vertwijfeld gebaartje.
'Ik weet waarachtig niet welke normen en waarden men tegenwoordig in het bedrijfsleven hanteert. Misschien is het wel gebruikelijk, dat men dergelijke lieden niet onmiddellijk ontslaat, maar liever in de boezem van het bedrijf houdt.'
De Cock schudde resoluut zijn hoofd.
'Larie... het stinkt en Charles van Abbekerken is een glibberige man.'

Vledder lachte.

'Dat zou ik maar niet als een eindconclusie in jouw proces-verbaal schrijven.'

Op het Damrak staken ze bij het warenhuis De Bijenkorf de rijbaan over en slenterden langs de schoongemaakte Beurs van Berlage naar de Oudebrugsteeg.

De vlaggen aan de masten van de steigers van de rondvaartboten wapperden nog vrolijk, maar het bruisende lentegevoel was uit het hart van De Cock verdwenen. De zaak van de lasterlijke aanklacht zinde de oude rechercheur niet. Wat hij aanvankelijk als een simpele routineklus had gezien, was naar zijn gevoel uitgegroeid tot een affaire, die nog heel wat verwikkelingen in zich verborgen hield.

Op de hoek van de Oudebrugsteeg en het Damrak bleef de grijze speurder staan. Vledder keek hem verbaasd aan.

'Gaan we niet terug naar de Kit?'

De Cock schudde zijn hoofd. Even leek hij besluiteloos, toen keek hij Vledder vragend aan. 'Heb jij nog het adres van die Angelique Sondervan?'

De jonge rechercheur knikte.

'Midden in de Jordaan... Egelantiersgracht 1017 op de tweede etage.' Hij hield zijn hoofd iets scheef. 'Wil je erheen?'

'Ja.'

'Waarvoor?'

'Vragen of ze dacht gauw rijk te worden.'

De Cock klopte.

Na enkele seconden opende Angelique Sondervan de deur van haar woning. Zichtbaar verrast keek ze de beide rechercheurs aan.

'Hebt u Peter gevonden?'

De Cock schudde zijn hoofd.

'Ons verzoek tot opsporing heeft nog geen resultaten opgeleverd.' Hij zweeg even voor het effect. 'Maar er zijn enkele ontwikkelingen, waarover ik nog even met u wil praten.'

Angelique Sondervan stapte opzij en hield de deur verder open. Ze wees naar een paar knusse rieten fauteuils in het midden van een eng bemeten kamertje.

'Gaat u zitten.' Ze deed de deur achter de rechercheurs dicht en nam zelf plaats. 'Ik had vandaag moeten werken, maar ik ben thuis gebleven... zitten wachten bij de telefoon. Ik hoop, dat Peter nog kan bellen.'

De Cock liet zich in de fauteuil tegenover haar zakken.

'Was Peter vertrouwelijk tegenover u?'

'Hoe bedoelt u dat?'

De Cock glimlachte.

'Ik kreeg gisteravond de indruk, dat Peter en u weliswaar samenwoonden, maar dat de emotionele band niet zo groot was.'

Angelique Sondervan keek hem verwonderd aan.

'Dan hebt u dat verkeerd begrepen. Peter en ik hebben juist een sterke emotionele band met elkaar. We willen alleen niet, dat de een de ander bespioneert... er moet ruimte zijn op basis van wederzijds vertrouwen. We proberen het woord "jaloezie" uit onze persoonlijke woordenboeken te schrappen.'

De Cock glimlachte fijntjes.

'Ik vrees, dat het schrappen in woordenboeken weinig helpt.'

'U moet dat symbolisch zien.'

De Cock knikte begrijpend.

'Vertelde Peter over de dingen, die hem bezighielden... politiek... derde wereld... milieu... narigheid op zijn werk?'

'Zeker.'

'Toen Peter tot de conclusie was gekomen, dat Chemie IJsselstein het kankerverwekkende nitrobenzeen in de Amstel had geloosd, heeft hij die conclusie toen onmiddellijk openbaar gemaakt... aan zijn chef... of aan een van de directieleden... gemeld?'

Angelique Sondervan schudde haar hoofd.

'Ik vertelde u al: Peter is een opgewonden standje. Hij heeft direct zijn witte laborantenjas uitgedaan, is in zijn auto gestapt en naar huis gereden. Dezelfde avond nog heeft hij een brief naar het VROM geschreven en daarvan een afschrift naar Chemie IJsselstein gestuurd... met de aankondiging, dat hij zijn ontslag als laborant nam.'

'Op het bedrijf zelf heeft Peter dus met niemand over zijn conclusies gesproken?'

'Nee.'

De Cock wreef nadenkend over zijn kin.

'Verdiende Peter veel?'

'Als laborant?'

'Ja.'

Angelique Sondervan glimlachte.

'U zult dat wel weer vreemd vinden, maar daar heb ik nooit naar gevraagd. We betalen ieder de helft van de kosten van ons samenwonen... huur... gas... elektra... het eten. Verder wordt er tussen ons nooit over geld gesproken.'

De Cock plukte aan het puntje van zijn neus.

'Nooit eens samen heimelijk gegniffeld over een manier om snel rijk te worden?'

Angelique Sondervan lachte.

'Hoe... een lot uit de loterij?'

De Cock toonde een glimlach. Onderwijl nam hij de jonge vrouw voor zich nauwlettend op. Hij vroeg zich af hoe oprecht ze was... hoe betrouwbaar. Hij boog zich iets naar haar toe.

'Charles van Abbekerken, de hoogste man van Chemie IJsselstein, beweert, dat Peter heeft geprobeerd om het bedrijf met die giflozingen te chanteren.'

'Wàt?'

De Cock knikte.

'Hij zou vijf miljoen hebben gevraagd.'

Angelique Sondervan keek hem verbijsterd aan.

'Zegt Van Abbekerken dat... die viezerik, die vieze vette viezerik... hoe durft hij. Leugens, geloof mij, allemaal leugens. Dat... dat...' ze struikelde over haar woorden. 'Dat is niets voor Peter.'

Ze pauzeerde even en ademde diep.

'Veertien dagen geleden was ik met Peter op een feestje, dat Chemie IJsselstein in Amsterdam voor het personeel had georganiseerd. Peter stelde mij tijdens dat feestje aan die Van Abbekerken voor. Vanaf dat moment is hij achter mij aan blijven lopen. Ik durfde in het begin niet onaardig tegen hem te zijn. Van Abbekerken was toch Peters hoogste baas en ik wilde zijn carrière bij het bedrijf niet ongunstig beïnvloeden. Maar op den duur werd die Van Abbekerken onuitstaanbaar. Hij wilde, dat ik zijn maîtresse werd. Onmiddellijk. Ik mocht zelf bepalen hoeveel geld ik daarmee wilde verdienen. Het was gênant. En hij bleef maar drinken... de ene whisky na de andere. Toen hij op den duur te opdringerig werd, te handtastelijk, heb ik hem in een vlaag van wanhoop een glas tomatesap, dat ik net in mijn handen had, in zijn gezicht gegooid.'

Angelique Sondervan sloot even haar beide ogen.

'Toen veranderde hij op slag. Zijn gezicht kreeg een heel andere uitdrukking... bijna duivels. Hij greep mij met zijn sterke handen ruw bij mijn rechterpols vast en trok mij naar zich toe.'

De Cock keek haar gespannen aan.

'En toen?'

Angelique Sondervan huiverde bij de herinnering.

'Zijn vet, zweterig gezicht, omgeven door een wolk van vieze dranklucht, was dicht bij het mijne. Mijn tijd komt nog, siste hij toen. Ik heb nog nooit van mijn leven met een weigering genoegen genomen, zei hij.'

4

De botten in zijn knieën kraakten. Langzaam kwam De Cock uit zijn rieten fauteuil omhoog.

De oude rechercheur had er geen enkele moeite mee om zich een hijgende en opdringerige Charles van Abbekerken voor te stellen. Daar was, naar zijn gevoel, weinig fantasie voor nodig.

Vanuit de hoogte keek hij op Angelique Sondervan neer.

Ze zat voorovergebogen in haar kleine fauteuil en haar lichaam schokte. Opnieuw vroeg hij zich af hoe oprecht ze was... hoe betrouwbaar.

'Het was dus een leugen?'

Angelique Sondervan keek met een betraand gezicht naar hem op en knikte.

'Dat was het... een leugen, meneer De Cock, een pure leugen, die Van Abbekerken u heeft verteld over die vijf miljoen, die Peter van Chemie IJsselstein zou hebben verlangd. Zoiets zou hij nooit doen. Peter is geen chanteur... geen man met een hang naar pracht en praal. Geld interesseert hem maar matig. Hij was oprecht geschokt toen hij die dag tot de conclusie kwam, dat het bedrijf gif in de Amstel had geloosd. Daar was hij echt kapot van.'

Angelique Sondervan kwam overeind en keek met van tranen glanzende ogen de grijze speurder smekend aan.

'Als hij nog leeft... als Peter nog leeft, dan moet u hem bijstaan... hem helpen in zijn strijd... zijn strijd voor het milieu... voor het leven. Alleen kan hij niet tegen hen op. Daarvoor is Chemie IJsselstein te groot... te machtig.'

De beide rechercheurs liepen van de smalle Egelantiersgracht naar de Prinsengracht en vandaar naar de Noordermarkt. Ze spraken niet. De Cock liep in gedachten verzonken. De laatste woorden van Angelique Sondervan dreunden nog na onder zijn schedeldak.

Hij vroeg zich af hoe hij Peter van Lunteren... als de jongeman nog leefde... zou kunnen bijstaan in zijn strijd voor het milieu. Wat wist hij als oude rechercheur van politie van het milieu? Zijn eigen politie-generatie had zich nooit met het milieu beziggehouden.

Er waren liederen, die hij in zijn jeugd uit volle borst had gezongen... 'wie rusten wil in het groene woud... de paden op, de lanen in... waar in het bronsgroen eikehout'. Dat was milieu... of liever... dat was de natuur. En de natuur mocht men niet vervuilen... 'laat niet als dank voor het aangenaam verpozen, de eigenaar van het bosch – met ch – de schillen en de dozen'. Vreugdeloos en een tikkeltje cynisch grinnikte De Cock voor zich uit. Ons land mocht willen, dat het bij die destijds zo vervloekte 'dozen en schillen' was gebleven. Hij kreeg zo langzamerhand de indruk, dat er in Nederland geen rivier, geen kanaal, geen sloot of watertje meer te vinden was zonder gif. En ook op het land struikelde men over enorme gifbelten en gigantische bergen vervuilde grond.

Wie had er vroeger ooit van zure regen gehoord?

'Mei-regen maakt, dat je groter wordt'... het was een tekst, waarin hij als kind zo rotsvast vertrouwde, dat hij... tot wanhoop van zijn bezorgde moeder... de gehele maand mei bij elk regenbuitje blij en blootshoofds de straat op rende om vooral maar niets van de groeiende kracht van het hemelwater te missen.

Vledder keek De Cock van terzijde aan.

'Denk je, dat hij nog leeft?'

De oude rechercheur reageerde verstrooid. Hij had even moeite om uit de cirkel van zijn gedachten naar de werkelijkheid terug te keren.

'Wat zeg je?'

'Denk je, dat Peter van Lunteren nog leeft?'

De Cock trok zijn schouders op.

'Daar valt op dit moment nog moeilijk een zinnig antwoord op te geven. Als hij nog leeft, dan rijst toch onmiddellijk de vraag waarom hij zich niet met Angelique Sondervan in verbinding stelt. Het is toch een onmenselijke daad om haar nodeloos in het ongewisse te laten.'

Vledder tastte met zijn blikken van opzij de gelaatstrekken van de oude speurder af. 'Jij... eh, jij bent geneigd die Angelique Sondervan op haar woord te geloven?' vroeg hij met enige aarzeling.

De Cock glimlachte.

'Als ik haar woorden op betrouwbaarheid afweeg tegen die van Charles van Abbekerken... dan zeg ik: ja, ik ben geneigd haar op haar woord te geloven.'

Op het gezicht van Vledder kwam een peinzende uitdrukking.

'Zou de duidelijke afwijzing van Angelique Sondervan... haar gedrag jegens Charles van Abbekerken op dat feestje voor het personeel... van invloed zijn geweest op de houding van de directeur ten opzichte van Peter van Lunteren?'

'Je bedoelt, dat daaruit dat chantage-verhaal voortvloeit?'

'Precies.'

De Cock schudde zijn hoofd.

'Dat chantage-verhaal van vijf miljoen gulden dient duidelijk om ons, rechercheurs, te beïnvloeden. Charles van Abbekerken tracht daarmee aan te tonen wat voor een schoft die Peter van Lunteren in feite is en hoe nobel daarentegen de houding van de directie van Chemie IJsselstein, die mild begrip toonde voor het menselijk falen... voor een kleine karakterzwakheid van een overigens goed functionerend lid van het personeel.'

Een zoet sarcasme droop van zijn woorden.

Vledder lachte.

'Jij gelooft dus niet, dat Peter van Lunteren heeft getracht om Chemie IJsselstein te chanteren?'

'Nee.'

'En het dreigement van Charles van Abbekerken aan Angelique Sonderman, dat zijn tijd nog kwam... dat hij nog nooit van zijn leven met een weigering genoegen had genomen?'

De Cock trok zijn gezicht strak.

'Dat krijgt voor mij pas waarde,' sprak hij sinister, 'als we het lijk van Peter van Lunteren hebben gevonden.'

Via de Brouwersgracht, Herenmarkt, Haarlemmerstraat en Nieuwendijk bereikten ze de Oudebrugsteeg. Op de hoek bij de Lange Niezel bleef De Cock even besluiteloos staan. Zijn dorstige keel snakte naar een goed glas cognac, maar hij besloot, dat Smalle Lowietje nog maar even moest wachten en slenterde de Warmoesstraat in. Vledder sjokte achter hem aan.

Toen ze de hal van het politiebureau binnenstapten, wenkte Jan Kusters De Cock met een kromme vinger.

De oude rechercheur liep op hem toe.

'Wat is er?'

De wachtcommandant wees omhoog.

'Boven zit een heer op je te wachten.'

De Cock fronste zijn wenkbrauwen.

'Een heer?' vroeg hij met enige argwaan.

Jan Kusters trok een grijns op zijn gezicht.

'Volgens zijn uiterlijke verschijningsvorm... een echte heer... goed

geschoren, gekamd en geknipt, welgemanierd en onberispelijk gekleed.'

De Cock knikte begrijpend.

'Weet je dat er pure schoften zijn die er ook zo uitzien?'

De wachtcommandant maakte een wrevelig gebaartje.

'Ga nu maar naar boven. En zeur niet. Die heer zit er al minstens een
half uur.'

De Cock besteeg opmerkelijk kwiek de trappen naar de tweede
etage. Vledder volgde in een trager tempo.

Op de bank bij de deur naar de grote recherchekamer zat een man in
een keurige antracietgrijze mantel, waaruit een witzijden sjaal
bolde. Op zijn hoofd stond een donkere deftige Edenhoed. Toen hij
De Cock in het oog kreeg, stond hij op en nam zijn hoed af.

De oude rechercheur gniffelde. De beschrijving van Jan Kusters
klopte. De man was... althans leek, op een heer.

De Cock schatte hem op achter in de dertig. Misschien nog wel
jonger. In het zwarte haar van de heer was nog geen spoortje grijs te
bekennen.

De grijze speurder gebaarde in zijn richting.

'U wacht op mij?'

De heer knikte.

'Mijn naam is Achterberg... Philip Achterberg. Jan Akkerman
belde mij en zei, dat u vanmorgen aan de Keizersgracht was geweest.'

De Cock glimlachte.

'Wie is Jan Akkerman?'

'Onze chauffeur... althans de chauffeur van Charles van Abbekerken, onze president, de man, die u vanmorgen namens Chemie
IJsselstein te woord stond.'

De Cock knikte begrijpend.

'En u bent,' sprak hij lachend, ' een van de leden van Zeg-eens-A?'

Het gezicht van Philip Achterberg betrok.

'Zo noemt het personeel ons nog,' reageerde hij somber. 'Maar als
het personeel zijn directieleden beter leerde kennen, dan kon Zeg-
eens-A wel- eens snel veranderen in Zeg-eens-Ja.'

De Cock negeerde de opmerking. Hij keek de man voor zich schattend aan. Philip Achterberg, zo vond hij, was het type van een knap
ogende heer met de starre weke gelaatstrekken van een etalagepop in
een modemagazijn. Hij liep hem voorbij en ging hem voor naar de

grote recherchekamer, waar hij hem op de stoel naast zijn bureau liet plaatsnemen.

'U was vanmorgen niet op het kantoor aan de Keizersgracht?' opende hij.

Philip Achterberg schudde zijn hoofd.

'Ik was thuis. Ik woon in Nederhorst den Berg... prachtig, aan de Ankeveense Plassen. Het is voor mijn werk niet noodzakelijk, dat ik elke dag op ons kantoor in Amsterdam aanwezig ben.'

De Cock legde zijn hoedje op een lege tafel en ging met zijn regenjas nog aan achter zijn bureau zitten.

'Waarom belde Jan Akkerman u?'

Philip Achterberg haalde een slanke hand door zijn haar.

'Omdat ik dat aan hem had gevraagd. Mochten er mensen van de recherche komen, heb ik hem gezegd, laat mij dat dan even weten.'

De Cock keek hem verwonderd aan.

'Zo'n verzoek had u toch beter aan de officiële portier kunnen richten?'

Philip Achterberg glimlachte.

'Jan Akkerman is in ons bedrijf een factotum. Jan Akkerman kent alles, weet alles, ziet alles en hoort alles. Gelooft u mij, er is in ons bedrijf niets, dat aan de aandacht van Jan Akkerman ontsnapt.'

De Cock hield zijn hoofd iets schuin.

'Maar waarom wilde u over de komst van de recherche ingelicht worden? Ik neem toch aan, dat u wist, dat Chemie IJsselstein bij de justitie tegen Peter van Lunteren een klacht had ingediend.'

Philip Achterberg knikte.

'Dat is in een directievergadering besproken en daar had ik ook geen bezwaar tegen.'

De Cock beluisterde de toon.

'Waar had u dan wel bezwaar tegen?'

Philip Achterberg antwoordde niet direct. Hij knoopte zijn deftige jas los en frommelde nerveus aan zijn witzijden sjaal. 'Charles van Abbekerken lanceerde tijdens die vergadering het plan om Peter van Lunteren aan u voor te stellen als een chanteur... als een man, die al een maand tevoren van Chemie IJsselstein vijf miljoen zwijggeld had geëist'. Hij verschoof iets op zijn stoel. 'Ik... eh, ik was het daar niet mee eens. En ik geloof ook, dat de anderen het daar niet mee eens waren. Maar niemand van ons durfde te protesteren. Niemand keurde het plan af.'

De Cock keek hem verbaasd aan.

'Waarom niet?'

Philip Achterberg spreidde zijn handen in een hulpeloos gebaar.

'Charles van Abbekerken regeert Chemie IJsselstein al jaren met ijzeren hand. Hij is hard, meedogenloos... voor een ieder. Hij dicteert als een potentaat... als een soort verlicht despoot.'

De Cock keek de man onderzoekend aan.

'Waarom vertelt u mij dit?'

Philip Achterberg weifelde.

'Ik... eh, ik heb lang geaarzeld om dit te zeggen... dit te doen. Ik hoop oprecht, dat u mijn bezoek en mijn uitlatingen als vertrouwelijk zult accepteren.

Men heeft mij verzekerd, dat u een eerlijk en betrouwbaar man bent, die zich aan zijn woord houdt. Ik kan het mij financieel niet veroorloven om mijn maatschappelijke positie in gevaar te brengen. Vandaar mijn aarzeling.'

De Cock plukte aan het puntje van zijn neus.

'U blijft dus,' stelde hij kalm, 'gewillig en protestloos in het team van Zeg-eens-Ja zitten.'

Het knappe gezicht van Philip Achterberg kreeg een pijnlijke expressie. 'U moet mij goed begrijpen, rechercheur... het ligt geenszins in mijn bedoeling om bij Chemie IJsselstein het gezag van Charles van Abbekerken aan te tasten of te ondermijnen, maar ik wil toch ook niet, dat iemand ten onrechte van chantage wordt beticht.'

De Cock knikte traag voor zich uit en zweeg. Na een poosje boog hij zich vertrouwelijk naar Philip Achterberg toe.

'Hoe zou u het vinden,' sprak hij zacht, bijna fluisterend, 'als binnenkort het lijk van Peter van Lunteren in de Amstel dreef?'

Philip Achterberg keek hem met grote ogen aan. Zijn onderlip trilde en zijn adamsappel wipte op en neer.

'Mag... mag... mag ik,' stotterde hij. 'Mag ik u het antwoord daarop schuldig blijven?'

Toen Philip Achterberg de deur van de grote recherchekamer achter zich had dichtgetrokken, zette De Cock zijn beide ellebogen op zijn bureau en steunde zijn hoofd in het kommetje van zijn handen. Op zijn gezicht lag een zorgelijke trek.

Vledder keek hem aan.

'Wat een rotstreek... wat een gore, gemene rotstreek van die Van

Abbekerken,' riep hij woedend. 'Kunnen we hem niet op een of andere manier aanpakken?'

'Hoe?'

Vledder zwaaide heftig met zijn armen.

'Dat is toch smaad? En ik krijg steeds meer de overtuiging, dat Charles van Abbekerken ook de man van de anonieme dreigbrief is.'

De Cock zuchtte.

'Om strafrechtelijk iets tegen Charles van Abbekerken te kunnen ondernemen, zouden de andere directieleden bereid moeten zijn om officiële verklaringen af te leggen.' De oude rechercheur schudde zijn hoofd. 'En dat zie ik voorlopig nog niet gebeuren.' Plotseling stond hij op, greep zijn hoedje en draafde naar de deur. Vledder lachte. De Cock in draf was een koddig gezicht.

'Waar ga je heen?'

De oude rechercheur zwaaide.

'Ik heb van dat gedoe bij Chemie IJsselstein een vieze smaak in mijn mond gekregen.'

De jonge rechercheur kwam hem na.

'Ik weet iemand, die daar iets voor heeft.'

De Cock keek grinnikend om.

'Smalle Lowietje.'

5

Caféhouder Lowietje, wegens zijn geringe borstomvang door de penoze in de rosse buurt meestal Smalle Lowietje genoemd, streek zijn kleine klamme vingertjes langs zijn morsig vest, liet zijn muizesmoeltje glimmen en stak De Cock hartelijk de hand toe.

'Zo, zo,' kirde hij vrolijk, 'lange tijd niet gezien. Ik was bang, dat jij en Vledder de weg naar mijn vermaard etablissement niet meer konden vinden. Ik maakte mij ongerust. Ik ben al eens van plan geweest om aan de Kit te informeren of jullie misschien bij een of andere actie waren gesneuveld.'

De grijze speurder hees zich op een kruk.

'Jouw bezorgdheid roert mij.'

Smalle Lowietje gniffelde.

'Ik houd mijn klanten graag in ere... zelfs al betalen ze nooit.'

De Cock maakte een verontschuldigend gebaar.

'Je hebt nooit geld van mij willen hebben... zo lang als ik hier kom. Waarom zou ik je dan beledigen door het aan te bieden?'

De tengere caféhouder lachte.

'Een grapje.'

De Cock keek hem onderzoekend aan.

'Dacht je echt dat we waren gesneuveld? We leven hier niet in Amerika, waar jaarlijks honderden politiemensen om zeep worden geholpen.'

Het gezicht van Smalle Lowietje versomberde.

'Het wordt er hier in ons landje ook niet beter op. Jongens nog... lopen in de binnenstad als cowboys met pistolen te zwaaien.'

De Cock knikte.

'Maar maak je over mij geen zorgen.' Hij maakte een brede armzwaai. 'Old soldiers never die,' riep hij pathetisch, 'they just fade away.'*

Smalle Lowietje grinnikte.

'Gooi maar in mijn pet... ik smoes niet over de grens.' Hij dook aalglad onder de tapkast, pakte de fles fijne cognac 'Napoléon', die hij speciaal voor De Cock had gereserveerd en stak hem triomfantelijk omhoog.

---

* Oude soldaten sterven nooit, ze vervagen gewoon

'Hetzelfde recept?'

Zonder op antwoord te wachten, bedekte hij de bodem van drie diepbolle glazen, want Lowietje dronk er altijd eentje mee.

Ze namen de glazen op, warmden de cognac in de holte van hun handen, snoven en proefden met kleine teugjes. Het was een ernstige, ingetogen ceremonie, die de kleine caféhouder en de beide rechercheurs bij elk samenzijn opvoerden; plechtig, als gold het een religieus, bijna sacraal gebeuren.

De Cock vertoefde graag in het schemerig intieme lokaaltje op de hoek van de Oudezijds Achterburgwal en de Barndesteeg. Een gezellig walletjescafé, dat door Smalle Lowietje steevast en vol trots tot 'mijn vermaard etablissement' werd verheven.

De Cock had daar met de jonge Vledder zo zijn vaste plaatsje achterin, waar beiden een goed zicht hadden op het gebeuren en niet door plotseling opvlammende emoties bij lichtgeraakte zielen konden worden verrast.

De grijze speurder kwam al bij de tengere caféhouder op bezoek toen hij als jong rechercheur zijn eerste wankele schreden op het glibberige pad van het bestrijden van de misdaad deed.

De Cock vroeg zich af waarom hij in al die jaren nooit onderuit was gegleden, zoals velen voor hem. Met enige vertedering bezag hij het vriendelijk muizesmoeltje achter de tapkast.

Hoewel Smalle Lowietje in zijn veelbewogen leven bijna alles had gedaan wat God in zijn milde wijsheid, en het Wetboek van Strafrecht in ambtelijke starheid, hadden verboden, beschouwde de grijze speurder hem als een vriend. En dat was wederkerig. Het feit, dat De Cock uitdrukkelijk het recht vertegenwoordigde, deed daar geen afbreuk aan.

De tengere caféhouder zette zijn glas neer en keek De Cock onderzoekend aan.

'Je ziet er wat somber uit,' stelde hij bezorgd vast. 'Of je verdriet hebt.'

De Cock trok zijn wenkbrauwen op.

'Meen je dat echt?'

Smalle Lowietje knikte.

'Een beetje treurig.'

Vledder grinnikte.

'De Cock treurt om de vele verdorvenheden van het mensdom.'

De oude rechercheur lachte vrijuit.

'Dan was ik al lang aan mijn treurnis ten onder gegaan.' Hij schudde zijn hoofd. 'Met die verdorvenheden van het mensdom ben ik door de jaren heen voldoende vertrouwd geraakt. Dat schokt mij niet meer... bijna niet meer.' Hij nam nog een slok van zijn cognac en zette zijn glas op de tapkast. 'Ik ben wel met een onderwerp bezig waarvan ik weinig weet... waar ik als rechercheur nog nooit mee te maken heb gehad.'

Smalle Lowietje keek hem ongelovig aan.

'Kan dat?' vroeg hij verrast. 'Ik dacht, dat de misdaad en alles wat daar zo bij hoort voor jou geen geheimen meer had.'

De Cock maakte een hulpeloos gebaar.

'Men denkt steeds wat nieuws uit.'

'Zoals?'

'Geld verdienen door het milieu te vervuilen... het illegaal lozen van gif.'

'Waar?'

De Cock zwaaide.

'In de Amstel.'

Het gezicht van Smalle Lowietje betrok. Geschokt strekte hij zijn wijsvinger uit.

'Chemie IJsselstein,' riep hij spontaan.

De Cock keek hem verrast aan.

'Hoe... eh, hoe kom je daar bij?'

De tengere caféhouder spreidde zijn armen.

'Daar wordt geknoeid... bij het leven.'

De Cock plukte nadenkend aan zijn onderlip.

'Wie zegt dat?'

Smalle Lowietje leunde op de tapkast en boog zich iets naar hem toe.

'Een oude gabber van mij werkt daar.'

'Bij Chemie IJsselstein?'

De caféhouder knikte.

'Een jongen, met wie ik vroeger veel optrok... mee op pad ging. Je kent dat wel... een kroegentocht, samen achter de meiden aan.'

De Cock kneep zijn ogen half dicht.

'En die oude gabber van jou zegt, dat het niet deugt bij Chemie IJsselstein, dat ze daar knoeien?'

'Ja.'

'En hij komt nog weleens hier... in dit... eh, jouw vermaarde etablissement?'

'Inderdaad.'
De Cock bracht zijn beminnelijkste glimlach.
'Hoe... eh, hoe heet die vroegere gabber van je?'
Smalle Lowietje nam zijn ellebogen van de tapkast en boog iets terug.
'Ik weet natuurlijk niet of hij tokkelen* wil,' sprak hij afwerend.
'Het kan ook best allemaal bluf zijn... sensatie.'
De Cock glimlachte opnieuw.
'Het is toch te proberen? Ik zal hem beslist niet vertellen, dat jij mij zijn naam hebt genoemd. Daar kun je van op aan. En wie weet... misschien heeft jouw oude gabber werkelijk belangrijke informatie in huis.' Hij plukte met zijn duim en wijsvinger Smalle Lowietje aan zijn morsig vest. 'Ik vraag het je nog eens... het is belangrijk... hoe... eh hoe heet hij?'
De tengere caféhouder blikte schichtig om zich heen. Hij stond in de buurt niet graag als verklikker te boek.
'Akkerman... chauffeur Jan Akkerman.'

Het was uitzonderlijk druk op de eeuwenoude Wallen. Een leger van behoeftigen slenterde langzaam langs de etalages met schaarsgeklede vrouwen. Ze waren er in velerlei kleurschakeringen en fatsoenen, allen zich verleidelijk koesterend in de milde barmhartigheid van het zoetroze kunstlicht.
De Cock glimlachte. Hij vroeg zich af of het tintelende voorjaarsweer en een aanstormende lente iets met die grote drukte op de Wallen had te maken.
Vledder blikte opzij. Zijn jong gezicht stond ernstig.
'Het is toch gek met dat milieu.'
'Hoezo.'
Vledder ademde diep.
'Ik heb mij er nooit mee beziggehouden. Maar nu wij deze affaire in behandeling hebben, heb ik eens wat informatie ingewonnen.'
'Bij wie?'
'Bij ons eigen ministerie van VROM... bij de Werkgroep Milieu van de Centrale Politie Surveillance Commissie.'
De Cock grijnsde.
'Dat is een mondvol.'

---

* tokkelen: praten, informatie verschaffen

Vledder knikte.
'Zo is het... men heeft er de mond van vol. Maar er wordt niets gedaan. Er bestaat voor het behoud van ons milieu al geruime tijd een Nationaal Milieubeleidsplan. We hebben ook al zo'n twintig jaar een milieuwetgeving in Nederland en bij al die wetten hebben wij, rechercheurs, trouwens alle politiemensen, een duidelijke opsporingsbevoegdheid.'
De Cock grinnikte.
'Dat is voor het eerst, dat ik dat hoor.'
Vledder wond zich zichtbaar op.
'Precies. En daar erger ik mij aan. Gruwelijk. Heb jij inzake het milieu weleens enige voorlichting gehad? Heb jij ooit zo'n nieuwe milieuwet onder ogen gekregen? Heeft iemand jou ooit verteld hoe zo'n milieuzaak strafrechtelijk moet worden aangepakt... hoe de bewijsvoering verloopt?'
De Cock schudde zijn hoofd.
'Men mocht vroeger op straat op bepaalde uren geen matjes kloppen en het was de hoeren verboden om hun gebruikte condooms in de gracht te gooien. Dat is alles wat ik ooit aan de bescherming van het milieu heb gedaan.'
Vledder gniffelde.
'Weinig... voor een lang en intens politieleven.'
De Cock maakte een verontschuldigend gebaar.
'Onze huidige regeringen zijn gul in het maken van wetten. Er komen steeds nieuwe. Maar wat heeft dat voor zin als er geen mogelijkheden en middelen zijn om die wetten te handhaven... als er niemand op toeziet, dat ze worden nageleefd?'
Hij gebaarde voor zich uit.
'Men zou in of nabij bedrijven, waarvan verwacht kan worden dat ze milieuonvriendelijk gedrag vertonen, deskundige mensen moeten posteren met geavanceerde meetapparatuur om zo'n bedrijf direct te kunnen aanpakken als er illegaal gif wordt geloosd.'
'Zoals bij Chemie IJsselstein?'
De Cock trok zijn schouders op.
'Ik kan niet bezien of Peter van Lunteren gelijk heeft.'
Hij snoof en stak zijn brede kin iets naar voren. 'Maar ik zou het bewijs van zijn gelijk best willen leveren. Ik ben gewoonlijk geen rancuneus mens, maar als iemand het water van de oude Amstel vergiftigt, dan begaat hij niet alleen een misdaad aan het volk, maar

dan treft hij ook mij in persoon.' Hij zwaaide wat geëmotioneerd om zich heen. 'Ik houd van deze stad... ik houd van dit bezopen Amsterdam en ik houd van de Amstel... voor mij... de mooiste rivier die er is.'

Bij de Oude Kennissteeg namen ze de brug naar de Voorburgwal en sjokten vandaar naar de Lange Niezel. Bij de sextheaters stonden mannen in de rij.

Vledder stootte De Cock aan.

'Is sex belangrijker dan milieu?'

Om zijn mond danste een glimlach.

De oude rechercheur wuifde achter zich.

'Kijk naar de Wallen,' sprak hij grimmig, 'en je hebt het antwoord.'

Ze liepen zwijgend de Lange Niezel uit en slenterden rechtsaf de Warmoesstraat in.

Vledder schoof de mouw van zijn colbert iets terug en keek op zijn horloge. Daarna blikte hij opzij.

'Het is al laat. Zal ik je met onze nieuwe Golf* even naar huis brengen?'

De Cock antwoordde niet. Bij de ingang van het oude politiebureau, pal voor de blauwstenen stoep, bleef de grijze speurder staan. Besluiteloos, weifelend. Hij had het vreemde, vage, onbestemde gevoel, dat er iets was gebeurd... dat het wellicht beter was om niet naar binnen te gaan.

Vledder keek hem verwonderd aan.

'Heb je mij niet gehoord?'

De Cock knikte traag.

'Ik heb je gehoord, maar ik wil eerst weten of Peter van Lunteren al boven water is.'

Vledder bromde.

'Dat kan morgen ook.'

De Cock reageerde niet. Hij haalde diep adem en liep de hal van het bureau binnen.

Achter de balie stond Jan Kusters met een rood gezicht en hij hield de hoorn van de telefoon in zijn hand. Toen hij de grijze speurder in het oog kreeg, smeet hij onmiddellijk de hoorn op het toestel terug en slaakte een zucht van verlichting. Hij wuifde De Cock wild naderbij.

'Ik ben blij dat je er bent.'

---

* zie: De Cock en moord à la carte

40

De oude rechercheur keek hem wantrouwend aan.

'Waarom?'

De wachtcommandant hijgde.

'Ik heb een paar minuten geleden een surveillance-wagentje met twee jonge dienders naar de Scheevenaarstraat gestuurd. Daar zou een vrouw haar man ernstig gewond in hun gezamenlijke woning hebben aangetroffen. De jongens belden net.'

'En?'

'De man is dood... vermoord.'

6

Vledder reed de nieuwe Golf met gierende banden vanaf het Damrak de Prins Hendrikkade op.

De Cock, onwennig hangend in zijn autogordel, keek zijn jonge collega bestraffend aan. 'Kan het niet wat kalmer,' riep hij boven het motorgeronk uit. 'Je rijdt alsof de duivel je op de hielen zit.' Hij zwaaide met zijn armen. 'En denk aan mijn pensioen. Ik wil er best nog een paar jaar van genieten.'

Vledder verminderde de snelheid van de Golf.

'Het is een moord,' riep hij verontschuldigend.

De Cock trok zijn schouders op.

'En?'

'Ik wil er gauw zijn.'

De Cock bromde. Hij had een hekel aan snel rijden. Hij had een hekel aan al het moderne verkeer. De trekschuit leek hem een ideaal vervoermiddel.

'Dood is dood,' reageerde hij kwaad. 'En dood is nog steeds onomkeerbaar. Daar veranderen jij en ik niets meer aan.' De oude rechercheur wond zich zichtbaar op. 'Of denk je misschien, dat de moordenaar daar nog gezellig naast zijn slachtoffer zit?' Hij grijnsde met een scheve mond. 'Heren, ik heb maar even op jullie gewacht... anders lopen jullie zo lang naar mij te zoeken.'

Het klonk sarcastisch.

Vledder begreep de opwinding van De Cock niet. Hij gniffelde.

'Als dat zou kunnen...' De jonge rechercheur maakte zijn zin niet af. Hij reed de Golf vanaf de Prins Hendrikkade de Scheevenaarstraat in en stopte achter een surveillancewagen, die ongeveer in het midden van het straatje stond geparkeerd.

De Cock en Vledder stapten uit.

Een jonge diender kroop uit de surveillancewagen en liep op de rechercheurs toe. Hij wees schuin omhoog.

'Mijn collega is boven. Het is op de eerste etage. Ik heb net weer even met onze wachtcommandant gesproken. Hij zou iedereen waarschuwen.'

De Cock schonk hem een glimlach. Zijn opwinding van zoëven was weggeëbd.

'Prachtig.'

De jonge diender duimde over zijn schouder naar de surveillancewagen. 'We kregen aanvankelijk de melding, dat er een man was gewond, maar toen we boven kwamen zagen we direct, dat hij hartstikke dood was.'

De Cock trok een grijns.

'Gewoon "dood" is voldoende,' reageerde hij simpel.

De jonge diender negeerde de opmerking.

'De vrouw van het slachtoffer,' ging hij onverstoorbaar verder, 'hebben we maar zolang bij de buren ondergebracht. Ze was totaal overstuur en krijste voortdurend: het-is-niet-waar... het-is-niet-waar... het-mag-niet-waar-zijn.' De jonge diender schudde zijn hoofd. 'Wat ging dat mens tekeer. Het was niet om aan te horen.'

Hij liep voor de rechercheurs uit naar een kale deur met vies graffiti op de panelen en duwde die verder open.

'Hier is het.'

Het was aardedonker in het portaal en het stonk er naar urine. De Cock stak zijn handen vooruit en tastte naar de leuning. Toen hij die had gevonden, hees hij voorzichtig zijn negentig kilo de nauwe trap op. De uitgesleten houten treden kraakten onder zijn gewicht. Vledder volgde met lichtere tred.

Het portaal van de eerste etage kreeg wat contour door een zwak schijnsel, dat door een smal lichtraampje boven de woningdeur viel. De Cock drukte de kruk van de woningdeur naar beneden en deed de deur open. In een kleine, schaars gemeubileerde kamer, stond een jonge diender. Niet ver van zijn voeten, half op de drempel van een aangrenzend vertrek, lag het lichaam van een man. Hij lag op zijn buik, zijn linkerbeen was iets opgetrokken en zijn armen staken gestrekt naar voren. De vingers van zijn brede handen grepen geklauwd in het vloerzeil. Van het hoofd van het slachtoffer was slechts een warrige kruin zichtbaar.

De jonge diender liep op De Cock toe. Hij stak zijn rechterhand vooruit. In de holte van die hand lagen drie hulzen.

'Ik heb ze maar opgeraapt,' sprak hij verontschuldigend. 'Zijn vrouw liep hier steeds jammerend rond. Ze had die hulzen anders platgetrapt. Ik heb wel de vindplaatsen gemarkeerd.'

De grijze speurder liet zijn blik even dwalen.

'Ze lagen hier, in deze kamer?'

De jonge diender knikte.

'In deze kamer, ongeveer in het midden.' Hij wees naar drie kleine kruisen van geel krijt op kaal donkerblauw linoleum. 'Kan het zo? Ik bedoel, kan de fotograaf de markering zo pakken?'

De Cock knikte goedkeurend, nam de koperen hulzen aan, schatte het kaliber op 9 mm en liet ze daarna in een zijzak van zijn regenjas glijden.

'Heel goed,' sprak hij prijzend.

De oude rechercheur liep aan de jonge diender voorbij, stapte over het slachtoffer heen en knielde bij hem neer. Het licht van het aangrenzende kamertje viel vol op het gezicht van de dode.

De Cock kreeg een schok van herkenning. Een rilling trok door zijn lijf.

Vledder, half over hem heen gebogen, ademde in zijn nek.

'De chauffeur,' hijgde hij verbijsterd. 'De chauffeur van Charles van Abbekerken.'

De Cock knikte traag.

'Jan Akkerman.'

Met zijn aluminium koffertje in zijn hand stormde Bram van Wielingen het kamertje binnen. Zijn gezicht zag rood. Hij zwaaide wat geagiteerd naar De Cock.

'Heb je veel wensen?'

De oude rechercheur keek de fotograaf enkele seconden zwijgend aan. Toen lichtte hij beleefd zijn hoedje.

'Goedenavond.'

Bram van Wielingen reageerde niet op de spottende begroeting. Hij zette zijn aluminium koffertje op de vloer, pakte zijn fraaie Hasselblad en monteerde daarop een flitslicht.

'Ik heb een huis vol visite,' sprak hij gehaast. 'Mijn vrouw en ik zijn vandaag precies achtentwintig jaar getrouwd.'

'Gefeliciteerd.'

Bram van Wielingen grijnsde.

'Dank je... dank je. Mijn vrouw en ik... we vieren elk jaar onze trouwdag. Dat is bij ons traditie. Dan komen de kinderen en de kleinkinderen. Heel erg gezellig.' De fotograaf stapte over het lijk heen en flitste een paar maal in het dode gezicht. 'Ik heb er al zeven... kleinkinderen.' Hij gebaarde naar de dode. 'Weet je al wie hij is?'

De Cock knikte.

'Ene Jan Akkerman, particulier chauffeur bij Chemie IJsselstein.'

Bram van Wielingen nam even zijn Hasselblad voor zijn gezicht weg en wuifde om zich heen.

'En woont die in zo'n gribus?'

De Cock maakte een schouderbeweging.

'Misschien betaalt Chemie IJsselstein zijn mensen niet zo best.' Hij gebaarde naar de markeringen op het linoleum. 'Neem die gele kruisjes ook even mee. Daar hebben de hulzen gelegen.'

Bram van Wielingen stapte weer over de dode heen, nam de kruisjes in beeld en gebaarde achter zich.

'Dat kamertje gebruikte hij blijkbaar als doka. Het raam is afgeschermd en er staan allemaal fotospulletjes.' Hij liet zijn Hasselblad met het flitslicht zakken en keek om zich heen. 'Moet je nog wat? Je zegt het maar.'

'Nog een paar plaatjes van het interieur en dan mag je van mij terug naar je feestje.'

'Prima.'

De deur van het kamertje ging open en in de deuropening verscheen dokter Den Koninghe. Achter hem op het portaaltje stonden twee broeders van de geneeskundige dienst met hun onafscheidelijke brancard.

De Cock liep met uitgestoken hand op hem toe. De oude rechercheur was erg op de kleine lijkschouwer gesteld. 'Het spijt me, dat ik u weer moet lastig vallen,' sprak hij verontschuldigend.

Dokter Den Koninghe maakte een mistroostig gebaar.

'Het is mijn vak, een treurig vak... het bekijken van lijken.' Hij stapte verder het kamertje in en wees naar de dode. 'Is dat de patiënt?'

De Cock lachte om de uitdrukking.

'Patiënt,' herhaalde hij. 'Ik vrees, dat wij niet veel meer voor hem kunnen doen.'

Dokter Den Koninghe bracht zijn kleine witte handen naar voren en vouwde ze samen. 'Bidden,' sprak hij plechtig. 'Bidden voor zijn ziel.'

De Cock keek hem even onderzoekend aan; vroeg zich af of hij spotte, maar het gezicht van de kleine lijkschouwer stond ernstig.

De Cock plukte aan het puntje van zijn neus.

'En zijn moordenaar?'

Dokter Den Koninghe keek even naar hem op.

'Moge jij er voor zorgen, dat die zijn gerechte straf niet ontloopt.'

Hij beende van hem weg, stapte over het lijk heen, trok de pijpen van zijn streepjespantalon wat omhoog en hurkte bij de dode neer. Zijn oude knieën kraakten. Hij drukte de oogleden iets terug en bezag de pupillen. Daarna wenkte hij de broeders naderbij.

'Draai hem eens om,' gebood hij.

De broeders legden de brancard op de vloer en deden wat de lijkschouwer van hen verlangde.

Toen het lichaam op de rug was gekeerd, waren op de borst in het witte overhemd van de dode duidelijk drie bloedvlekken zichtbaar. Ze zaten niet ver van elkaar rond de hartstreek.

Dokter Den Koninghe knoopte het overhemd los en bekeek de verwondingen. Daarna kwam hij moeizaam overeind.

Met precieze bewegingen nam hij zijn bril af, pakte zijn witzijden pochet uit het borstzakje van zijn jacquet en poetste zijn glazen.

'De man is dood,' sprak hij laconiek.

De Cock grijnsde breed.

'Daar waren wij al bang voor,' reageerde hij cynisch.

'Nog niet zo lang geleden.'

'Hoelang?'

De altijd wat excentrieke lijkschouwer hield zijn hoofd iets schuin en krabde met zijn bril in zijn hand onder zijn oude, wat groen uitgeslagen garibaldihoed. 'Een uur of twee, schat ik zo. Niet veel langer.'

Dokter Den Koninghe zette zijn bril weer op en plooide zijn pochet terug in het borstzakje van zijn jacquet.

'Inwendige verbloedingen,' vervolgde hij bijna fluisterend. 'Het hart is geraakt.' Hij wierp nog even een blik op de dode, draaide zich langzaam om en liep wuivend het kamertje af.

Bram van Wielingen trad naderbij.

'Ik zal nog gauw een paar plaatjes van het lijk schieten nu hij op zijn rug ligt. De verwondingen... en je kunt nu veel beter zijn gezicht zien.'

De Cock wendde zich tot de twee broeders.

'Als de fotograaf klaar is,' sprak hij zakelijk, 'kunnen jullie hem meenemen. En kleed hem op Westgaarde maar niet uit. Dat kan morgenochtend wel... kort voor de sectie... waar dan mijn collega Vledder bij is. Misschien zijn er kogels in zijn kleding blijven hangen.'

De broeders knikten. Toen Bram van Wielingen klaar was, legden ze het lijk voorzichtig op de brancard, drapeerden een laken over zijn gezicht, schoven het canvas terug en sjorden de riemen vast.

Zachtjes wiegend droegen ze de dode op de brancard het kamertje af. De Cock keek hen peinzend na en vroeg zich af hoeveel lijken hij in zijn lange loopbaan bij de recherche al door de peedee* had zien wegdragen.

Vledder kwam naast hem staan.

'Zal ik even bij de buren met die vrouw gaan praten?'

De Cock knikte.

'Let goed op de tijdstippen, vraag van haar een sluitend alibi en probeer er achter te komen, waarom ze hier zo armoedig wonen.'

'Oké boss.'

De Cock negeerde het 'Oké boss'. Hij was geen baas en wilde dat ook niet zijn. Vledder liep bij hem weg en Bram van Wielingen nam afscheid.

'De plaatjes heb je morgen op je bureau.'

De Cock keek hem na.

'Laat de deur maar open,' riep hij nog. 'Het is anders aardedonker op die trap.'

Daarna liep hij naar de toegangsdeur en bekeek het slot en de sponningen. Er waren geen sporen van braak of verbreking.

Ben Kreuger, de dactyloscoop, kwam puffend de trap op.

Hij liep langs De Cock heen en zette zijn koffertje op een stoel.

'Wat is hier gebeurd?'

'Een man doodgeschoten.'

De dactyloscoop blikte om zich heen.

'Is hier voor mij nog wat te verdienen?'

De Cock knikte.

'Ik zou maar gaan kwasten,' raadde hij aan. 'Voor zover ik weet, woonden hier alleen de vermoorde en zijn vrouw. Wat je verder aan handpalmen, greepjes en vingertjes vindt… is verdacht.'

Ben Kreuger maakte zijn koffertje open.

'Ik moet zeker morgen naar Westgaarde voor de vingers van het slachtoffer?'

De Cock trok zijn schouders op.

'Misschien zit hij al in onze collectie. De vermoorde heet Jan Akkerman. Hij was vroeger een gabber van Smalle Lowietje.'

Ben Kreuger lachte.

'Dan zullen zijn vingertjes er wel tussen zitten.'

---

* peedee: politieuitdrukking voor 'plaats-delict'

47

Vledder kwam het kamertje binnen. De jonge rechercheur groette de dactyloscoop, stak zijn arm omhoog en liep op De Cock toe.

'Ze is verslaafd.'

'Wie?'

'De vrouw van Jan Akkerman.'

De Cock keek hem verrast aan.

'Verslaafd?'

Vledder knikte.

'Ze zitten zwaar in de schuld. Gokverslaving... al jaren. Zij gooit alles in die eenarmige bandiet.'

7

Toen rechercheur De Cock de volgende morgen, ruim een half uur te laat, de grote recherchekamer van het politiebureau aan de Warmoesstraat binnenstapte, trof hij Vledder achter zijn elektronische schrijfmachine. De rappe vingers van de jonge rechercheur dansten over de toetsen.

De grijze speurder voelde zich wat loom. Hij miste in zijn bloed de lente-spirit en -blijheid, die er een dag tevoren nog in tintelden. Bedaagd hing hij zijn oude regenjas en hoedje aan de kapstok en ging daarna aan zijn bureau tegenover Vledder zitten.

De jonge rechercheur liet zijn vingers rusten en keek hem met gefronste wenkbrauwen aan.

'Je bent laat.'

Het klonk bestraffend.

De Cock reageerde verontwaardigd.

'Nogal logisch,' riep hij toch vrij geëmotioneerd. 'Het is gisteravond nog vrij laat geworden. Ik ging pas om twee uur naar bed. Toen jij al naar huis was, hebben Ben Kreuger en ik in die woning aan de Scheevenaarstraat nog een uitgebreid onderzoek ingesteld.'

Vledder reageerde verbaasd.

'Onderzoek?' vroeg hij vol ongeloof. 'Wat viel er gisteravond nog te onderzoeken?'

De Cock gebaarde voor zich uit.

'Ben Kreuger vond vreemde vingertjes.'

'Vreemde vingertjes?'

De Cock knikte traag.

'Een aantal vingerafdrukken kwam in die woning aan de Scheevenaarstraat veelvuldig voor. Dat zijn vrijwel zeker de vingers van de bewoners... de heer en mevrouw Akkerman. Maar juist in dat aangrenzende kamertje vond Ben Kreuger afwijkende vingerafdrukken. Ze waren er op de deurstijlen en op een ladenkast, die in dat kamertje stond. Er is door de moordenaar duidelijk naar iets gezocht.'

Vledder fronste zijn wenkbrauwen.

'Naar wat?'

De Cock trok zijn schouders op.

'Geen flauw idee. Het moet voor de betrokkene uiterst belangrijk zijn geweest... waardevol... anders pleeg je daarvoor geen moord.'

'Is het bruikbaar materiaal?'
'Wat bedoel je?'
'Die vingerafdrukken?'
De Cock knikte.
'Mooie duidelijke afdrukken. Ik heb de vingers en de greepjes op de folie gezien. Ze zijn heel goed te classificeren.'
Vledder glimlachte.
'Misschien hebben we dit keer eens geluk... kunnen we de dader spoedig arresteren.'
De Cock wees naar de elektronische schrijfmachine.
'Heb je alles al op papier gezet?'
'Nog niet alles. Het is meer een ruwe schets voor ons latere proces-verbaal.'
De Cock knikte begrijpend. Hij boog zich iets naar voren.
'Laten we voor de zekerheid,' sprak hij ernstig, 'de resultaten van ons onderzoek van gisteravond even kort samenvatten... mevrouw Akkerman, eigen naam Greetje Jansen, lijdt al enige jaren, tot wanhoop van haar man, aan gokverslaving. Aanvankelijk woonde het echtpaar vrij riant, maar huurschuld dwong hen steeds opnieuw te verhuizen, tot ze uiteindelijk in de Scheevenaarstraat terechtkwamen.'
Vledder knikte.
'Gisteravond,' vulde hij aan, 'kwam Jan Akkerman zoals gewoonlijk om achttien uur thuis. Zijn vrouw had, wat vaker voorkwam, verzuimd om eten te koken en daarom toog het echtpaar naar een Chinees restaurant in de Binnen Bantammerstraat. Nadat ze daar wat gegeten hadden, beproefde mevrouw Akkerman in datzelfde restaurant, voor de zoveelste maal, haar geluk aan een gokautomaat. Zo rond negentien uur... negentien uur vijftien... verliet Jan Akkerman, na een korte, maar heftige woordenwisseling met zijn vrouw over haar gokverslaving, terneergeslagen en wat verdrietig dat Chinese restaurant en ging naar huis.'
De Cock knikte.
'Om tweeëntwintig uur dertig komt mevrouw Akkerman thuis, vindt de woningdeur op een kier, gaat naar binnen en vindt haar man op de vloer.
Ze is er in feite onmiddellijk van overtuigd, dat hij dood is, maar beladen met schuldgevoelens wil ze dat feit niet erkennen. Ze pakt de telefoon, die overigens al jaren door Chemie IJsselstein wordt

betaald, en meldt de politie, dat ze haar man ernstig gewond in de woning heeft gevonden.'

De oude rechercheur zweeg even en dacht na.

'Heb je nog navraag gedaan bij de buren, of ze iets hebben gehoord?'

Vledder wees naar beneden.

'Het gelijkstraatse gedeelte is als opslagruimte in gebruik. Daar woont niemand.'

'En de buren van de tweede etage?'

Vledder schudde zijn hoofd.

'Die hadden de televisie nogal hard aan en keken vol spanning naar een politiefilm, waarin veel werd geschoten.'

De Cock gromde.

'Die nonsens op de televisie... dat moesten ze verbieden.'

Vledder lachte.

'Dan moet je die Baantjer verbieden om over ons te schrijven.'

De Cock reageerde niet.

'Jij hebt haar alibi nagetrokken?'

Vledder knikte.

'Haar verklaring klopt. Verschillende personeelsleden van het Chinese restaurant hebben haar al die tijd aan de gokkast zien staan. Ze kennen haar goed. Ze komt daar vaker.'

De Cock strekte zijn armen naar voren.

'Conclusie?'

Vledder trok een koele grijns.

'We zoeken iemand met een 9 mm pistool, die meende bij Jan Akkerman iets te vinden.'

'En mevrouw Akkerman?'

Vledder wuifde nonchalant.

'Als feitelijke... materiële dader, komt ze volgens mij niet in aanmerking. Maar misschien dat ze ergens gokschulden heeft... grove gokschulden, die iemand met geweld heeft trachten te innen.'

De Cock hield zijn hoofd iets schuin.

'En toen dat niet lukte schoot die iemand Jan Akkerman overhoop?'

Vledder stak zijn handpalmen naar voren.

'Het zou zeker niet de eerste keer zijn, dat zoiets gebeurde. In die gokwereld is men bepaald niet zachtzinnig voor mensen die weigeren hun schulden te betalen. En misschien heeft de moordenaar uit de gokwereld na zijn daad nog naar geld gezocht... een verklaring voor de vingerafdrukken, die Ben Kreuger vond.'

De Cock keek hem fronsend aan.

'Jouw betoog komt er dus op neer,' sprak hij samenvattend, 'dat mogelijk mevrouw Akkerman door haar gokverslaving indirect verantwoordelijk is voor de dood van haar man.'

Vledder knikte.

'Ik vind, dat wij met die mogelijkheid terdege rekening moeten houden. Als mevrouw Akkerman weer wat op haar verhaal is gekomen, moeten we haar nog maar eens aan de tand voelen.'

De Cock zuchtte.

'Hoewel ik daar nog geen zinnig woord over kan zeggen... toch ben ik eerder geneigd om de motieven voor de moord op Jan Akkerman te zoeken in de richting van Chemie IJsselstein.'

Vledder sloeg zijn hand voor zijn mond en keek De Cock verschrikt aan.

'Dat heb ik je nog vergeten te vertellen... ik ben gisteravond, nadat ik het alibi van mevrouw Akkerman had nagetrokken, vanaf dat Chinese restaurant niet direct naar huis gegaan.'

'Nee?'

De jonge rechercheur schudde zijn hoofd.

'Ik ben eerst nog even naar de Jordaan, naar de Egelantiersgracht gereden. Ik wilde weten of Angelique Sondervan al iets van haar vriend Peter van Lunteren had gehoord.'

'En?'

Vledder slikte.

'Angelique Sondervan... ze is weg.'

De Cock keek hem verrast aan.

'Wat heet... "weg",' snauwde hij.

Vledder spreidde zijn handen.

'Ze is verdwenen. Toen ik haar niet thuis trof, heb ik bij de buren geïnformeerd... lieve mensen, bij wie Angelique wel over de vloer kwam. Ze hebben haar gistermiddag, kort na ons bezoek, zien vertrekken... een valiesje in haar hand.'

De Cock stond van zijn stoel op en begon met zijn typisch waggelende gang door de grote recherchekamer te stappen. Wanneer hij in de problemen zat, deed hij dat graag. In de cadans van zijn tred lieten zijn gedachten zich gemakkelijker ordenen.

Wat had chauffeur Jan Akkerman in zijn bezit gehad... wat wist hij... en voor wie was die wetenschap zo bedreigend, dat hij of zij bereid was om hem naar een andere en wellicht betere wereld te helpen?

Zeg-eens-ja-directeur Philip Achterberg noemde Jan Akkerman het factotum van Chemie IJsselstein. Letterlijk zei hij van hem: 'Jan Akkerman kent alles, weet alles, ziet alles en hoort alles. Gelooft u mij, er is in ons bedrijf niets, dat aan de aandacht van Jan Akkerman ontsnapt.'

Wist Jan Akkerman van mogelijke giflozingen van Chemie IJsselstein in de Amstel... had hij daarvan bewijzen en moest hij daarom... net als Peter van Lunteren... verdwijnen? Had de... in de ogen van de oude speurder... louche Charles van Abbekerken, potentaat en verlicht despoot van Chemie IJsselstein, wellicht een huurmoordenaar ingeschakeld?

Huurmoordenaars... zo bedacht De Cock cynisch... ze werden de laatste jaren steeds goedkoper. Hij ademde diep. Maar waar moest zo'n huurmoordenaar dan naar zoeken? En had hij gisteravond gevonden waarnaar hij zocht?

De grijze speurder sloot even zijn ogen. De vragen stormden op hem af.

De gedachte aan een mogelijke huurmoordenaar liet hij weer varen. Huurmoordenaars kregen in de regel niet de opdracht om naar iets belastends te zoeken. Dat was voor de opdrachtgever meestal te riskant. Ze werden ingehuurd om te doden... meer niet.

Bij het bureau van Vledder bleef hij staan. De vingers van zijn jonge collega dansten alweer over de toetsen van zijn elektronische schrijfmachine. Hij keek even peinzend naar De Cock op.

'Ben je er al uit?'

De oude rechercheur schudde zijn hoofd en zuchtte.

'Ik weet niet goed hoe ik die Jan Akkerman moet plaatsen... in een driehoek met Peter van Lunteren en Angelique Sondervan? Of moet ik hem koppelen aan de ware heer en directeur Philip Achterberg, een man, voor wie Jan Akkerman blijkbaar hand- en spandiensten verrichtte?'

Vledder trok zijn schouders op.

'Volgens mij heeft Chemie IJsselstein met de dood van Jan Akkerman niets te maken. Hij was bij die onderneming als chauffeur in dienst... wel, daar houdt het bij op. De oorzaak van zijn dood... de motieven voor de moord... liggen in zijn privé-sfeer.'

'Je bedoelt de gokverslaving van zijn vrouw?'

Vledder knikte.

'Je zult het zien,' sprak hij geruststellend, 'als we mevrouw Akkerman opnieuw gaan verhoren, dan komen we wel ergens.'

De Cock wreef over zijn kin. Hij had zijn twijfels over de zienswijze van zijn jonge collega, maar hield die voor zich.

'Hoe laat is de sectie?'

Vledder keek op zijn horloge.

'Over goed drie kwartier... op Westgaarde, met dokter Rusteloos. Ik rijd met Appie Keizer mee, die heeft daar in de buurt van de Ookmeerweg een onderzoekje. Hij haalt mij ook weer op.'

De Cock knikte.

'Ik heb de broeders gevraagd om het lijk gekleed in de koelkast te stoppen. Ze zouden hem, zo hebben ze mij beloofd, eerst in jouw bijzijn ontkleden.

Uitgaande van de schietrichting hebben Ben Kreuger en ik gisteravond nog naar kogelinslagen gezocht. Die hebben we niet gevonden. Volgens mij zitten er nog kogels in zijn kleding.'

Vledder keek op.

'Hebben jullie gisteravond na het onderzoek die woning aan de Scheevenaarstraat verzegeld?'

De Cock schudde zijn hoofd.

'Ben Kreuger en ik hebben alles overhoop gehaald... er is niets meer te vinden. We hebben de woningdeur gewoon afgesloten en de sleutel aan de buren gegeven.'

'Mevrouw Akkerman kan er dus in?'

'Zeker.'

Vledder schoof zijn schrijfmachine van zich af.

'Zal ik... eh, zal ik mevrouw Akkerman na de sectie nog eens verhoren? Ik had gisteravond een goed contact met haar. Ze was erg openhartig.'

De Cock knikte.

'Dat is goed. Vraag haar vooral hoe zij haar gokverslaving beleeft... of ze daar ook illegale gokhuizen in betrekt... of dat haar voorkeur beperkt blijft tot de geldverslindende gokautomaat... de eenarmige bandiet.'

De telefoon op het bureau van De Cock rinkelde. Vledder reikte over zijn schrijfmachine heen en pakte de hoorn van het toestel. Hij luisterde intens en maakte een paar aantekeningen. Toen legde hij de hoorn op het toestel terug.

De Cock keek hem gespannen aan.

'Wie was dat?'

'Ben Kreuger.'

'En?'

Het gezicht van Vledder versomberde.

'De afwijkende vingerafdrukken, die jullie gisteravond hebben gevonden, komen niet in de collectie voor. Hij kan ze niet identificeren... niet terugbrengen op een persoon.'

De Cock liet zich in de stoel achter zijn bureau zakken. De teleurstelling lag op zijn gezicht te lezen. Eerst na enkele minuten kwam hij weer overeind. Hij strekte zijn open rechterhand naar Vledder uit.

'Geef mij de sleutels van de Golf.'

De jonge rechercheur keek hem verbaasd aan.

'Wat wil je dan?'

'Ik ga naar Loenen aan de Vecht.'

De mond van Vledder viel half open.

'Wat is daar?'

De Cock beende naar de kapstok.

'Daar woont Zeg-eens-ja-directeur Aardenburg.' Met zijn oude hoedje op zijn hoofd draaide hij zich om en liep een paar passen terug. 'Zie je... ik houd het nog steeds op Chemie IJsselstein.'

8

De Cock nam er zijn gemak van. Hij voegde zich met de nieuwe Golf voorzichtig in het drukke stadsverkeer, bereikte via het Waterlooplein de Wibautstraat en reed langs Duivendrecht naar Diemen. Naar zijn idee had hij alle tijd. De gerechtelijke sectie op Westgaarde schatte hij op zo'n anderhalf uur. Hij had dokter Rusteloos in vroegere jaren in dat oude sectielokaal aan de Overtoom vaak bezig gezien en wist, dat de patholoog-anatoom er bij zijn autopsies een hoog werktempo op na hield.

De oude rechercheur was blij, dat Vledder nu de secties bijwoonde. Hij had het nooit prettig gevonden om zo'n lijkensnijder bezig te zien. Het was, zo vond hij, altijd een onthutsende en ook ontluisterende ervaring om met het inwendige van een dood mens geconfronteerd te worden. Hij had er nooit aan kunnen wennen.

Bij Diemen verliet hij met de Golf de snelweg en ging langs het industriegebied Verrijn Stuart naar de fraaie oude slingerende weg langs de Gaasp.

Na de sectie, zo bedacht hij, wilde Vledder mevrouw Akkerman opnieuw verhoren. En ook dat kostte tijd.

Hoewel hij dat verhoor liever zelf had gedaan, wilde hij de plannen van zijn jonge collega niet dwarsbomen.

Hij was blij, dat Vledder in deze zaak tot wat meer eigen initiatieven kwam en ook vasthield aan zijn eigen ideeën. Dat was voor zijn latere carrière beslist noodzakelijk.

De grijze speurder blikte om zich heen. Het was prachtig zonnig weer. De hemel was strakblauw met slechts hier en daar een statige cumuluswolk. Beneden in het nog onvermoeide groen liepen lammetjes in de wei. En links van hem was de Gaasp.

Een paar kilometer voorbij Weesp ging hij rechts richting Nederhorst den Berg en reed vandaar naar Vreeland. Daarna vervolgde hij zijn weg langs de Loosdrechtse Plassen en de Vecht. De Vecht... na de Amstel, in zijn ogen, het mooiste riviertje van Nederland.

Zijn gezicht verstarde. Vervuild? Verpest door het kankerverwekkende nitrobenzeen of een ander bedreigend gif? Ineens waren zijn gedachten terug bij de zaak, die hem nu al enige dagen bezighield.

Had Chemie IJsselstein werkelijk illegaal gif in de Amstel geloosd? Hoelang bleef Peter van Lunteren nog onder water? Waar was Angelique Sondervan? En waarom moest Jan Akkerman sterven? Hield dat alles verband met elkaar? Zo ja, hoe?

Hij keek nog eens om zich heen. En waarom ging hij in feite naar Loenen? Wat dacht hij daar te vinden? Zeker, de heer Aardenburg zou wel op zijn riant buiten vertoeven. Volgens zijn informatie kwam Philip Achterberg, net als de andere directieleden, vrijwel nooit op het hoofdkantoor aan de Amsterdamse Keizersgracht.

Maar wat kon hij met die man doen? Waarom wilde hij van Chemie IJsselstein na dictator Charles van Abbekerken ook zo graag al die andere Zeg-eens-ja-knikkende directeuren leren kennen? Verstandelijk had hij daar geen basis voor. Alleen zijn gevoel, zijn intuïtie, zei hem, dat het belangrijk was.

Met gefronste wenkbrauwen reed hij Loenen binnen en bemerkte daar tot zijn schrik, dat hij had vergeten zijn autogordel vast te maken.

De Cock reed met de nieuwe Golf over het grind van de oprijlaan. Hij stopte achter een fraai gestroomlijnde donkerblauwe Jaguar die voor de ingang van het buiten stond en stapte uit.

Voor de trappen van het bordes bleef hij staan en bezag bewonderend de prachtige architectuur van het landhuis. De schatrijke Amsterdamse kooplieden uit de achttiende eeuw, bedacht hij, konden het zich permitteren om voor het stichten van hun lusthoven aan de Vecht gerenommeerde bouwmeesters aan te trekken.

Een oude, wat gebogen man op klompen, waarboven een wijde ribfluwelen broek met doorgesleten knieën en een licht verschoten blauwe slobbertrui, sjokte vanaf een heg met coniferen nieuwsgierig op hem toe.

Op ruim twee meter afstand van De Cock bleef hij staan, keek hem zonder enige gêne van onder tot boven schattend aan en vroeg toen met half toegeknepen ogen: 'Zoekt u iets?'

De Cock wees voor zich uit.

'Is dit het huis van de heer Aardenburg?'

De oude man stak schuddend een kromme wijsvinger omhoog.

'Van Aardenburg,' verbeterde hij.

De Cock glimlachte.

'Dan ben ik verkeerd voorgelicht. Ik dacht, dat Aardenburg alleen voldoende was.'

De man schudde zijn hoofd.

'Van... Van Aardenburg.'

De Cock duimde over zijn schouder naar de Golf.

'Ik kom uit Amsterdam,' legde hij vriendelijk uit. 'Ik had graag een onderhoud met de heer... eh, de heer Van Aardenburg.'

De oude man knikte goedkeurend.

'Wie kan ik zeggen, dat er is?'

De oude rechercheur lichtte zijn hoedje.

'Mijn naam is De Cock met... eh, met ceeooceekaa. Ik ben rechercheur van politie van het bureau Warmoesstraat in Amsterdam.'

De bejaarde man keek hem achterdochtig aan.

'Politie... iedereen kan wel zeggen, dat hij van de politie is. Kunt u zich legitimeren?'

De grijze speurder knikte nadrukkelijk. Hij pakte zijn legitimatiebewijs uit de binnenzak van zijn colbert en liet het zien.

De oude man boog zich iets naar voren, keek er even naar en wenkte toen met diezelfde kromme wijsvinger. 'Loop maar zover achter mij aan. Meneer zit in het prieel.' Hij slofte voor De Cock uit naar de zijkant van het gebouw. Aan het einde van een kleine laan draaide hij zich om en stak zijn hand op.

'Blijf hier maar even staan.'

De Cock deed gewillig wat er van hem verlangd werd. Na enkele minuten kwam de oude man terug en gebaarde achter zich.

'Het is goed,' sprak hij hoofdknikkend. 'Meneer kan u ontvangen. Loopt u maar door, dan ziet u hem wel staan.'

Een lange statige man, gekleed in een lichtgrijze pantalon, waarop een donkerblauwe blazer met in gouddraad geborduurde emblemen, liep met uitgestoken hand op hem toe.

'Justus,' jubelde hij, 'Justus van Aardenburg.' Hij glimlachte breed. 'Rechercheur De Cock van de Warmoesstraat. Wat een verrassing. Ik heb veel over u gehoord, maar nooit gedacht, dat u mij nog eens hier op mijn buiten zou bezoeken.'

De Cock drukte de hem toegestoken hand.

'Mijn oude moeder zei altijd,' sprak hij plechtig, 'de wegen des Heren zijn ondoorgrondelijk.' Onderwijl nam hij de man goed in zich op. Hij schatte hem op rond de veertig, krachtig, sportief, met kort blond krullend haar, scherpe grijze ogen, een smalle neus en een iets te slappe kin.

Justus van Aardenburg draaide zich om en ging de oude rechercheur voor naar een sfeervol prieel met een schitterend uitzicht over het water van de Vecht. Daar liet hij hem plaatsnemen in een lage, gerieflijke, zacht kreunende rotan fauteuil. Handenwrijvend bleef hij voor hem staan.

'Mag ik u iets aanbieden?'

De grijze speurder dacht snel na. In luttele seconden draaide de motor van zijn denken op volle toeren. Hij glimlachte beminnelijk, bracht zijn rechterhand omhoog en hield zijn duim en wijsvinger enkele centimeters uit elkaar.

'Het is nog wel een vroeg uur,' sprak hij vriendelijk, verontschuldigend, 'maar zo'n kleintje... heeft u dat ook?'

Justus van Aardenburg lachte.

'U bedoelt, onze puur vaderlandse jenever? Zeker, heb ik jajem in huis.' Hij pakte uit een laag buffet twee borrelglaasjes, zette die op een ronde tafel tussen de fauteuils, liep naar een kleine koelkast en kwam terug met een nog halfgevulde vierkante fles. Voorzichtig schonk hij in.

'Ik ben werkelijk benieuwd wat u naar Loenen heeft gevoerd.' Hij nam een slokje, zette zijn glaasje weer neer en ging tegenover De Cock zitten. 'Niets ernstigs, hoop ik?'

De oude rechercheur pauzeerde even voor het effect.

'Jan Akkerman is vermoord.'

Justus van Aardenburg kwam met een ruk naar voren.

'Wat?' riep hij geschrokken.

De Cock knikte.

'Gisteravond schoot iemand hem een paar kogels door zijn hart.'

'Waar... waar is dat gebeurd?'

'Bij hem thuis.'

'Hebt u de dader al gearresteerd?'

De Cock schudde zijn hoofd.

'Voorlopig hebben wij nog geen enkele aanwijzing in welke richting wij de dader of daderes moeten zoeken. Ik heb niet de indruk gekregen, dat Jan Akkerman iemand was die snel vijanden maakte.'

Justus van Aardenburg schudde zijn hoofd.

'Die Jan Akkerman was een alleraardigste vent. Al jaren bij ons in dienst. Nooit te beroerd om iets te doen. Verschrikkelijk... vermoord.'

Er kwam een wat vreemde grijns op het gezicht van de directeur.

'Dan zal Charles van Abbekerken toch naar een nieuwe chauffeur

moeten omzien.' Hij zweeg even en liet zijn blik op De Cock rusten.
'Kwam u alleen naar Loenen om mij dat te vertellen?'
In zijn stem trilde ongeloof.
De grijze speurder schudde zijn hoofd.
'Ik wilde graag van u weten wat er op de laatste directievergadering ten aanzien van Peter van Lunteren is besloten.'
Justus van Aardenburg keek hem aan. Zijn gezicht lachte, maar zijn grijze ogen stonden waakzaam.
'Heeft... eh, heeft Charles van Abbekerken u dat niet verteld?' vroeg hij onzeker.
De Cock plukte aan het puntje van zijn neus.
'De heer Van Abbekerken heeft mij inderdaad van die vergadering een soort verslag gedaan, maar ik heb redenen om aan te nemen, dat het geen juiste weergave van de besluitvorming was.'
Justus van Aardenburg trok zijn wenkbrauwen op.
'U bedoelt te zeggen, dat hij loog?'
De Cock bracht zijn beminnelijkste glimlach.
'Juist.'
'In welk opzicht?'
De oude rechercheur spreidde zijn handen.
'Charles van Abbekerken wilde mij doen geloven, dat Peter van Lunteren al eens een poging tot chantage had gedaan. Hij zou van Chemie IJsselstein vijf miljoen gulden hebben geëist... zwijggeld, in verband met het illegaal lozen van gif in de Amstel.'
Justus van Aardenburg drukte zijn lippen opeen.
'En dat is een leugen?'
De Cock knikte traag.
'Dat is een leugen.'
Justus van Aardenburg fronste zijn wenkbrauwen.
'Wie zegt dat?'
De Cock gniffelde.
'Heer Van Aardenburg, u verwacht van mij toch niet,' vroeg hij met een cynische ondertoon, 'dat ik deze vraag beantwoord?'
Justus van Aardenburg boog zich iets naar voren. Zijn ogen flikkerden kwaadaardig.
'Is dat Mietje bij u geweest?'
De Cock veinsde onbegrip.
'Welk Mietje?'
Justus van Aardenburg snoof.

'Philip... mooie Philip Achterberg. Die vent met zijn maniertjes heb ik nooit vertrouwd.'

De Cock stond op. Hij gaf duidelijk te kennen, dat hij het onderhoud als beëindigd beschouwde. Ook Justus van Aardenburg kwam overeind. Op zijn gezicht lag een verbeten trek. Samen verlieten ze het prieel en liepen in de richting van het landhuis. Plotseling draaide De Cock zich om en maakte een verontschuldigend gebaartje. 'Ik heb mijn hoedje binnen laten liggen.' In draf ging hij terug.

Met zijn trouwe hoofddeksel schuin achter op zijn hoofd kwam hij na korte tijd weer uit het prieel terug en liep aan de zijde van Justus van Aardenburg door de korte laan naar het bordes aan de voorzijde.

Bij de nieuwe Golf bleven ze tegenover elkaar staan.

De Cock keek de man voor zich nog eens monsterend aan. Van één ding was hij overtuigd... Justus van Aardenburg was in wezen geen Zeg-eens-ja-knikker. De grijze speurder glimlachte.

'Waarom loog Van Abbekerken?' vroeg hij nonchalant.

'Rechercheur De Cock, u verwacht van mij nu toch niet,' vroeg Van Aardenburg met een cynische ondertoon, 'dat ik deze vraag beantwoord.'

De grijze speurder trok het portier van de Golf open, stapte lachend in en reed in een verkeerde versnelling het grindpad af.

Justus van Aardenburg keek hem na. Peinzend.

Toen De Cock die avond zo tegen de schemering de grote recherchekamer aan de Warmoesstraat binnenstapte, keek Vledder hem met grote ogen aan.

'Ben je nu pas terug uit Loenen?'

De oude rechercheur antwoordde niet direct. Hij deed zijn oude hoedje af en legde zijn regenjas behoedzaam voor zich op zijn bureau. Daarna keek hij op.

'Ja... nu pas.'

'Ongeluk gehad?'

De Cock schudde zijn hoofd.

'Onze Golf staat nog puntgaaf op de steiger. Geen schrammetje.' Hij trok zijn schouders iets op. 'Het was alleen zo uitzonderlijk mooi aan die Loosdrechtse Plassen met dat vriendelijke zonnetje en dat stralende blauw aan de hemel, dat ik de verleiding niet kon

weerstaan. Bij het restaurant de Driesprong ben ik gestopt, heb op mijn gemak een verrukkelijke uitsmijter genuttigd en daarna heb ik nog een tijdlang van het fraaie uitzicht over de plassen genoten.'
Vledder grinnikte vreugdeloos.
'Ik ben de hele dag aan het ploeteren geweest,' sprak hij jammerend.
'Eerst die gerechtelijke sectie op Westgaarde en daarna in de middag een lang en uitputtend gesprek met mevrouw Akkerman en jij... jij neemt een baaldag.'
De Cock glimlachte.
'Ik heb nergens van gebaald,' reageerde hij jolig. 'Integendeel, ik heb mij de gehele dag kostelijk geamuseerd.'
Vledder snoof.
'Je bent niet bij de recherche om je te amuseren. Daar word je niet voor betaald.'
De grijze speurder trok een grimas. Hij voelde zich als een jochie dat na erg ondeugend te zijn geweest, door zijn vertoornde vader op het matje wordt geroepen. Het idee prikkelde zijn lachlust.
Vledder monsterde de grijns op zijn gezicht.
'Had die Aardenburg nog iets te vertellen?'
De Cock stak baldadig een kromme wijsvinger omhoog.
'Van... Van Aardenburg.'
Vledder zuchtte.
'Had hij nog iets te vertellen?'
De Cock schudde zijn hoofd.
'Vertellen... nee.'
De oude rechercheur voelde in de zakken van zijn regenjas voor zich op het bureau en nam daaruit twee verkreukelde servetjes. Voorzichtig vouwde hij ze open en twee borrelglaasjes werden zichtbaar.
Met zijn middel- en wijsvinger in het glaasje zette hij ze op hun voetje. Hij wees voor zich uit. 'Ik had ook voor cognac- of longdrinkglazen kunnen kiezen, maar die nemen zoveel plaats in.'
Vledder bezag het met stomme verwondering.
'Hoe kom je aan die glaasjes?'
'Gestolen.'
De mond van Vledder viel half open.
'Gestolen?'
De Cock knikte.
'Ik had er feitelijk maar eentje nodig, maar ik nam ze allebei maar mee. Om te voorkomen, dat Van Aardenburg bij de terugkomst in

zijn prieel zou merken, dat plotseling zijn borrelglaasjes waren ver-
dwenen, heb ik uit het buffet twee schone borrelglaasjes op tafel
gezet. Bij jenever valt dat niet op. Die servetjes lagen los in datzelfde
buffet.'
Vledder schudde vertwijfeld zijn hoofd.
'Wat moet je met die glaasjes.'
De Cock wees grijnzend naar het voor hem meest rechter glaasje.
'Daarop staan de vingertjes van Van Aardenburg.'

9

Vledder kwam de grote recherchekamer binnen en liep naar het bureau van De Cock. De grijze speurder keek naar hem op en tastte zijn gelaatstrekken af.

'Is ze er nog steeds niet?' vroeg hij bezorgd.

De jonge rechercheur schudde bedroefd zijn hoofd.

'Er brandde geen licht bij haar en de deur van haar woning was op slot. Ik ben nog even bij de buren op visite geweest. Die mensen maken zich ook erg ongerust. Ze hebben Angelique Sondervan niet meer gezien.'

'Peter van Lunteren?'

'Is ook niet meer aan de Egelantiersgracht komen opdagen. Het heeft er veel van weg, dat beiden zich ergens schuilhouden.'

De Cock knikte traag voor zich uit.

'En het glaasje... heb je het borrelglaasje aan Ben Kreuger gegeven?'

Vledder maakte een hulpeloos gebaar.

'Ben Kreuger was er niet... op karwei. Die nieuwe chef van de dactyloscopische dienst heeft het glaasje van mij aangenomen en veilig gesteld. Als Ben Kreuger terugkwam, zou hij het aan hem geven.' De jonge rechercheur zweeg even. Zijn gezicht betrok. 'En hij vroeg een proces-verbaal.'

De Cock keek hem verrast aan.

'Een proces-verbaal,' riep hij geschrokken. 'Wat voor een proces-verbaal?'

Vledder spreidde zijn beide handen.

'Hoe jij aan dat borrelglaasje kwam!'

De Cock keek hem verward aan.

'Gestolen... dat weet je toch? Meegenomen terwijl niemand het zag.'

Vledder zuchtte.

'Dat heb ik hem ook verteld. Ik heb hem precies uitgelegd hoe jij vanmorgen in Loenen aan de Vecht aan dat borrelglaasje bent gekomen en wat voor een belang dat voor ons heeft. Maar hij zei, dat hij zonder een ambtsedig proces-verbaal van jou geen officieel onderzoek zou laten verrichten.'

De Cock snoof.

'Hoe heet die vent?'

'Wie?'

'Die nieuwe chef van de dactyloscopische dienst?'

Vledder gebaarde voor zich uit.

'Raaymaekers... hoofdinspecteur Raaymaekers.'

De Cock grijnsde.

'Zeker nog jong.'

Vledder reageerde wrevelig.

'Is dat een bezwaar... jong zijn?'

De oude rechercheur knikte.

'Soms... soms is het verrekt lastig.' Hij ademde diep.
'Ik heb alleen een vaag gevoel, dat Chemie IJsselstein iets met de dood van Jan Akkerman te maken heeft. Maar ik heb geen enkel bewijs. Ik kan in deze zaak geen van de directeuren nog als verdachte aanmerken. Ik kan hen dus niet dwingen om hun vingerafdrukken aan mij af te staan.' Hij maakte een wanhopig gebaar. 'Wat blijft mij dan over?'

Vledder keek hem verongelijkt aan.

'Dat moet je aan mij niet vragen,' riep hij licht geïrriteerd. 'Ik vertel je alleen wat die... eh, die jonge hoofdinspecteur Raaymaekers van de dactyloscopische dienst mij heeft gezegd. Ik begrijp best dat je de smoor daarover in hebt. Maar ik kan er niets aan doen dat die vent zich zo... eh, zo koppig, zo formeel, zo...'

De jonge rechercheur maakte zijn zin niet af. Geklop op de deur van de grote recherchekamer onderbrak hem. Hij draaide zich half om en riep: 'Binnen'.

De deur ging langzaam open en in de deuropening verscheen een vrij lange man in een donkergroene loden mantel. Huiverend en handenwringend kwam hij naderbij. Er gleed een milde glimlach om zijn lippen. 'Overdag is het aandoenlijk lenteweer. Maar de avondlucht is nog koeltjes... kil.' Hij sprak geaffecteerd, met sterk aangezette 'a'-klanken.

Bij het bureau van de oude rechercheur bleef hij staan.

'Ik denk, dat ik bij u moet zijn.' Hij glimlachte opnieuw. 'U bent rechercheur De Cock?'

De grijze speurder knikte.

'De Cock... met ceeooceekaa,' sprak hij zoet grijnzend. 'Voor het geval, dat u later een klacht over mij schrijft. Ik vind het dan altijd prettig als in zo'n klacht mijn naam goed is gespeld.'

Het klonk wat sarcastisch.

De man negeerde de opmerking. Hij maakte in de richting van De Cock een lichte buiging.

'Mijn naam is Akersloot... Herman Akersloot. Ik hoorde, dat u vanmorgen mijn compagnon de heer Van Aardenburg in Loenen met een bezoek hebt vereerd. Ik concludeerde daaruit, dat ik ook een dezer dagen een bezoek van u kon verwachten. Om u een tocht naar mijn huis in Vreeland te besparen, kom ik zelf naar het hol van de leeuw.'

De Cock grinnikte.

'Van die leeuw is nog maar weinig overgebleven,' reageerde hij cynisch. 'In de loop der jaren zijn hem vrijwel alle nagels uit zijn klauwen gerukt.' Hij gebaarde naar de stoel naast zijn bureau. 'Maar dat zijn uw zorgen niet. Gaat u zitten.'

Herman Akersloot knoopte zijn loden mantel met elegante gebaren los en nam zorgvuldig plaats. Op zijn vriendelijk ovaal gezicht lag een glans van welwillendheid.

'Ik heb van Justus van Aardenburg begrepen, dat u hooglijk was geïnteresseerd in de directievergadering, die aan onze voormalige laborant Peter van Lunteren was gewijd.'

'Inderdaad.'

Herman Akersloot maakte een nonchalant gebaar.

'Justus van Aardenburg heeft daar nogal moeilijk over gedaan. Zo moeilijk wil ik niet zijn. Ik zeg het u heel simpel... het idee om Peter van Lunteren als chanteur te presenteren... was van Charles van Abbekerken.'

'Was u het daarmee eens?'

Herman Akersloot verschoof iets op zijn stoel.

'Ach,' sprak hij verontschuldigend. 'In de regel heeft Charles van Abbekerken briljante ideeën. Hij regeert Chemie IJsselstein al jaren met ijzeren hand. En succesvol, moet ik zeggen.'

De Cock grijnsde.

'En om Peter van Lunteren... een onschuldige Peter van Lunteren als chanteur voor te stellen... vond u ook een briljant idee?'

Herman Akersloot toonde enige onrust.

'Het is bij Chemie IJsselstein niet de gewoonte, dat men zich tegen Charles van Abbekerken verzet.' Hij stak zijn handen trillend naar voren. 'Bovendien mist de beschuldiging van Peter van Lunteren alle grond.

De klacht die hij bij het VROM in Den Haag heeft ingediend is vals. De jongeman vergist zich. Hij beweert, dat Chemie IJsselstein vaten met nitrobenzeen in de Amstel heeft geloosd. Maar dat is niet waar. Die vaten met nitrobenzeen zijn door mij weggehaald.'

De Cock fronste zijn wenkbrauwen.

'Door u?'

Herman Akersloot zuchtte.

'Niet door mij persoonlijk, maar door mijn onderneming. Ik ben naast directeur van Chemie IJsselstein ook mededirecteur van AVM-Akersloot bv... een Afval Verwerkings Maatschappij, gevestigd in Diemen. Wij zijn gespecialiseerd in het afhalen, verwerken en afbreken van chemisch afval.'

De Cock keek hem schuins aan.

'Chemie IJsselstein behoort tot uw vaste cliëntèle?'

Herman Akersloot knikte nadrukkelijk.

'Vrijwel vanaf de oprichting.'

De Cock wreef nadenkend over zijn kin.

'Wie is uw mededirecteur bij de AVM-Akersloot bv?'

Over het vriendelijke ovale gezicht van Herman Akersloot gleed een glimlach.

'Justus... Justus van Aardenburg.'

De Cock wreef met zijn duim en wijsvinger langs zijn ogen. Hij voelde zich vermoeid en ontmoedigd.

Achterover geleund in zijn stoel keek hij de man voor zich geruime tijd zwijgend aan. Herman Akersloot, zo concludeerde hij, was een goed geconserveerde vijftiger met charmant grijs aan de slapen en lichte blosjes op de konen. Het type van een aristocraat. Een man, die zekerheid uitstraalde.

De grijze speurder kwam weer iets naar voren.

'Jan Akkerman is gisteravond vermoord.'

Herman Akersloot knikte.

'Dat heb ik vernomen.'

De Cock keek hem strak aan.

'Enig idee wie voor zijn dood verantwoordelijk is?'

Herman Akersloot schonk hem een geknepen lachje.

'Wat weet ik van het privé-leven... van de perikelen van een particulier chauffeur?'

De Cock boog zich nog iets dichter naar hem toe.

'Jan Akkerman was veel meer dan alleen een particulier chauffeur,'

sprak hij zacht. 'Jan Akkerman was bij Chemie IJsselstein een factotum. Jan Akkerman kende alles... wist alles... hoorde alles. Er was
bij Chemie IJsselstein niets, dat aan de aandacht van Jan Akkerman
ontsnapte.'

Over het gezicht van de oude rechercheur gleed een brede grijns.

'Misschien,' ging hij bijna fluisterend verder, 'wist Jan Akkerman,
dat Peter van Lunteren gelijk had... dat die vaten met nitrobenzeen
helemaal niet door uw eigen onderneming, de AVM-Akersloot bv,
waren weggehaald... maar dat de inhoud illegaal in de Amstel was
geloosd?'

Herman Akersloot sloot even zijn ogen en slikte. Zijn adamsappel
danste op en neer.

'Een veronderstelling... niet meer dan dat.'

De Cock knikte gelaten.

'Inderdaad... een veronderstelling. Maar veel meer dan dat... een
uiterst redelijke veronderstelling. Met die lasterlijke aanklacht van
Chemie IJsselstein tegen haar vroegere werknemer, de laborant Peter
van Lunteren, en het op handen zijnde openbare proces daarover...
zou Jan Akkerman voor u... en Chemie IJsselstein een uiterst verve-
lende getuige zijn.'

Herman Akersloot keek hem secondenlang aan. Zijn lang ovaal
gezicht stond ernstig.

'Een getuige, die zou moeten verdwijnen... het zwijgen zou moeten
worden opgelegd?'

'Precies.'

Herman Akersloot kwam overeind, verschoof iets aan zijn sjaal en
knoopte zijn loden mantel vast. Ook De Cock kwam overeind. De
beide mannen stonden oog in oog.

De directeur knikte traag.

'U bent een scherpzinnig man, rechercheur,' sprak hij ernstig. 'Toch
denkt u in de verkeerde richting. Ik neem ook aan, dat u zich aan die
richting zult vastklampen. Maar ik zeg u... dat leidt tot niets.'

Herman Akersloot liep bij hem vandaan. Na enkele meters draaide hij
zich om. Zijn gezicht stond strak.

'Vraag eens,' sprak hij zacht, 'naar de foto's van het personeelsfeestje.'

Nonchalant, zijn handen diep in de zakken van zijn regenjas gestoken,
sjokte De Cock de volgende dag over het zonovergoten Damrak.

In stille bewondering bleef hij een moment staan en blikte met welgevallen naar een jonge vrouw, die welgevormd en luchtig gekleed aan hem voorbijwiegde.

Toen hij haar nakeek trof zijn blik boven haar hoofd het fraaie front van het Centraal Station. Amsterdam, zo vond hij, was een prachtige stad. Maar soms bekroop hem het mistroostige gevoel, dat er te veel verkeerde mensen woonden.

Hij schoof de mouw van zijn regenjas iets terug en keek op zijn horloge. Het was, zo zag hij, al bijna tien uur. Het benauwde hem niet, dat hij weer eens een uur te laat aan de Kit kwam. Hij had zich na de lange vermoeiende dag van gisteren de luxe veroorloofd om eens lekker uit te slapen. Een stevig ontbijt en een straffe wandeling met zijn trouwe hond hadden zijn geest verkwikt. Hij voelde zich weer volkomen weerbaar om de strijd tegen de misdaad voort te zetten.

Neuriënd slenterde hij verder.

Ineens ontwaarde hij op het Damrak, in de mensenstroom voor hem, een zacht deinende weelde aan lichtblond haar, met daarop een fantasierijk jagershoedje. Een moment stond hij besluiteloos, toen ging hij het hoedje behoedzaam achterna.

Hoewel De Cock het jolige hoofddeksel gemakkelijk in het oog kon houden, bedacht hij, dat hij toch weinig kans maakte om de jonge vrouw heel haar weg te volgen. In de mensenmenigte op het Damrak kon hij zich nog wel enigszins verbergen, maar straks, op de open Dam voor het Koninklijk Paleis, behoefde zij zich maar een enkele keer om te draaien om zijn opmerkelijke habitus te ontdekken. En bij een korte sprint achtte hij zich bij voorbaat kansloos.

Hij verkleinde voorzichtig de afstand tussen haar en zichzelf en toen zij de ingang van de 'Rode Leeuw' had bereikt, vatte hij haar vol bij de arm en drukte haar dwingend het restaurant in.

Angelique Sondervan keek hem met grote ogen angstig en verstijfd van schrik aan.

'U... eh, u kunt mij niet arresteren.'

De Cock leidde haar zachtjes naar een tafeltje.

'Wie sprak van arresteren,' reageerde hij vriendelijk. 'Ik voelde behoefte aan een goed kop koffie en u leek mij daarbij een aangenaam gezelschap.'

Angelique Sondervan liet zich op een stoel drukken.

'Ik heb niets gedaan,' sprak ze hoofdschuddend.

De Cock schudde glimlachend zijn hoofd.

'Nee, dat is juist... u hebt niets gedaan. Maar u hebt iets nagelaten... nagelaten om mij tijdig te melden, dat ik het telexbericht waarin ik de opsporing van Peter van Lunteren had gevraagd, kon laten vervallen.'

Angelique Sondervan keek hem wat verward aan.

'Ik begrijp u niet.'

De Cock glimlachte opnieuw.

'Dat is toch niet zo moeilijk,' legde hij vriendelijk geduldig uit. 'Peter van Lunteren heeft telefonisch contact met u gezocht en toen u wist waar hij was, hebt u thuis een paar spulletjes ingepakt en bent naar hem toegegaan.'

Het gezicht van Angelique Sondervan betrok.

'Peter houdt zich schuil... voor die beesten van Chemie IJsselstein. En hij komt pas weer boven water als hij afdoende kan bewijzen, dat hij gelijk heeft... dat Chemie IJsselstein wel degelijk illegaal gif in de Amstel loost.' Ze keek strijdbaar naar hem op. 'En ik vertel u ook niet waar Peter is.'

De Cock schudde zijn hoofd.

'Dat behoeft u ook niet te doen.' Hij wenkte een ober en bestelde twee koppen koffie. 'En ik zal je straks niet volgen of stiekem laten volgen. Je bent volkomen vrij. Ik ben blij, dat Peter nog leeft... en dat er ook met jou niets is gebeurd.'

Angelique Sondervan leek duidelijk gerustgesteld. Toen de ober de bestelling had gebracht, nam zij voorzichtig een slok van haar koffie.

'Dat is heel lief van u.'

De grijze speurder plukte aan zijn neus.

'Noem het tactiek.'

Angelique schoof haar stoel iets achteruit en sloeg haar slanke benen over elkaar.

'Is die aanklacht tegen Peter nog steeds van kracht?'

De Cock knikte.

'Maar zolang ik Peter van Lunteren niet kan vinden, kan ik de zaak niet afwikkelen.'

Op het mooie gezichtje van Angelique Sondervan verscheen een glimlach.

'En met dat vinden van Peter schijnt u weinig haast te maken.'

De Cock reageerde niet.

'Jij was toch met Peter op dat personeelsfeestje van Chemie IJssel-stein?'
Angelique Sondervan knikte.
'U bedoelt toch dat feestje,' sprak ze nadenkend, 'waarop die dikke Charles van Abbekerken het mij zo lastig maakte?'
'Precies.'
'Dat was kort voordat Peter van het bedrijf wegliep.'
De Cock trok rimpels in zijn voorhoofd.
'Is er tijdens dat feestje iets bijzonders gebeurd... iets opvallends, schokkends?'
Angelique Sondervan trok haar fraaie schouders op.
'Mij is niets opgevallen.'
'Bezit jij foto's van dat feestje?'
Angelique schudde haar hoofd.
'Ik heb daar nooit foto's van gezien.'
'Zijn er foto's op dat feestje gemaakt?'
Angelique Sondervan nam nog een slok van haar koffie en knikte heftig.
'Tientallen.'
'Wie nam die foto's?'
Angelique Sondervan keek naar hem op.
'Jan Akkerman... hij flitste maar raak.'

10

Met een opgelucht gevoel liep De Cock van 'de Rode Leeuw' naar de Kit. Hij had afscheid van de mooie Angelique Sondervan genomen met haar toezegging, dat ze hem de volgende dag nog even zou bellen.

De wetenschap, dat Peter van Lunteren en Angelique Sondervan nog in leven waren, bezorgde de oude rechercheur een warm gevoel van blijheid.

Hij had bij het begin van het onderzoek oprecht voor het leven van Peter van Lunteren gevreesd. Maar toen hij later van Vledder vernam, dat ook Angelique Sondervan was verdwenen, ebde die angst iets weg. Zijn vermoeden, dat Angelique zich bij haar Peter had gevoegd, bleek gelukkig juist.

Peter van Lunteren mocht zich, wat de oude rechercheur betrof, gerust nog een poosje ergens schuilhouden. Dat kwam hem in feite heel goed uit. Hij had geen haast met die lasterlijke aanklacht van Chemie IJsselstein. Integendeel, het leek hem beter eerst de verwikkelingen rond de moord op Jan Akkerman af te wachten.

Fluitend liep hij de hal van het politiebureau binnen, groette in het voorbijgaan de wachtcommandant en besteeg de trappen naar de tweede etage.

Toen De Cock de deur van de grote recherchekamer opende, kwam Vledder verschrikt achter zijn bureau vandaan en liep snel op hem toe. De jonge rechercheur had rode konen van opwinding.

'Waar zat je?' riep hij gehaast. 'Waar was je? Ik heb thuis je vrouw gebeld. Volgens haar had je al lang op het bureau kunnen zijn.'

De Cock reageerde niet direct. Hij keek op de grote klok boven de deur. Het was bijna halftwaalf.

'Ik had een ontmoeting,' sprak hij nonchalant.

'Waar?'

De Cock liep naar de kapstok.

'Op het Damrak, toen ik van het Stationsplein op weg was naar het bureau.' Hij draaide zich om en keek Vledder kalm onderzoekend aan.

'Wat is er?' vroeg hij bezorgd. 'Je doet zo opgewonden.'

De jonge rechercheur gebaarde naar de deur.

'Commissaris Buitendam heeft naar je gevraagd... al drie keer vanmorgen. Het is ook op zijn aandringen, dat ik je vrouw heb gebeld.'

De Cock voelde hoe een lichte woede in zijn bloed begon te bruisen. Hij had niet graag dat commissaris Buitendam zo nadrukkelijk belangstelling voor hem en zijn werk toonde.

'Bel mijn vrouw terug,' snauwde hij, 'en zeg haar dat ik er ben.' Met driftige bewegingen deed hij zijn regenjas uit, hing hem op de kapstok en denderde de recherchekamer af.

Een moment overwoog Vledder om hem tegen te houden, maar de jonge rechercheur besefte tijdig, dat zo'n actie zinloos was. De Cock in een woedende vaart was niet te stuiten.

Voordat de grijze speurder zijn zware knokkels op het middenpaneel van de deur van de kamer van de commissaris zou laten neerkomen, wachtte hij enkele trage seconden tot zijn nuchtere verstand een krappe en zwaarbevochten overwinning op zijn woede had behaald. Toen ademde hij een paar maal diep, vatte de kruk en stapte de kamer binnen zonder te kloppen.

Commissaris Buitendam, de lange statige chef van het politiebureau aan de Amsterdamse Warmoesstraat, keek de oude rechercheur even aan en wenkte toen met een slanke hand naar de stoel voor zijn bureau.

'Ga zitten, De Cock,' sprak hij geaffecteerd. 'Ik wil met je praten.'

Rechercheur De Cock nam wat onwillig plaats. Wanneer commissaris Buitendam hem ontbood, bezag hij hem steeds met argwaan. Hij had geen hekel aan zijn commissaris. Dat niet. Zolang de politiechef de gang van zaken ongemoeid liet, was de verhouding zelfs vriendschappelijk te noemen. De botsingen ontstonden, wanneer de commissaris meende dat het gedrag van De Cock enige correctie behoefde. Eerst dan werd de grijze speurder opstandig en onhandelbaar en soms zelfs onredelijk.

Zijn vrijheid om naar eigen inzicht te handelen, was hem dierbaar.

De Cock keek zijn chef met achterdocht aan.

'Waarover... waarover wilde u met mij praten?'

Commissaris Buitendam glimlachte beminnelijk.

'Over een borrelglaasje.'

De oude rechercheur begreep onmiddellijk wat er was gebeurd en bereidde zijn verdediging voor.

'Wat is daarmee?'

Het klonk onvriendelijk.

Buitendam gebaarde voor zich uit.

'Hoofdinspecteur Raaymaekers, een van de jonge en veelbelovende politieofficieren in ons korps, heeft mij gisteravond laat nog gebeld met de voor mij toch wel onthutsende mededeling, dat jij bij de dactyloscopische dienst ter onderzoek een borrelglaasje had aangeboden, dat volgens Vledder door jou was ontvreemd... ordinair gezegd... door jou was gestolen.'

De Cock schudde zijn hoofd.

'Het was geen diefstal... geen diefstal in de ware zin des woords. Ik heb het borrelglaasje weggenomen terwijl niemand het zag... dat is juist... maar niet met het doel om het mij wederrechtelijk toe te eigenen... zoals de wet dat vereist om strafbaar te zijn.'

Commissaris Buitendam keek hem fronsend aan.

'Welk doel dan?'

De Cock glimlachte.

'Het borrelglaasje diende slechts als middel... als drager... als vervoerder van de vingerafdrukken van ene heer Justus van Aardenburg... vingerafdrukken, die niet in onze collectie voorkomen, maar die ik in verband met het onderzoek naar de moord op Jan Akkerman toch meen nodig te hebben.'

'Jij verdenkt die Justus van Aardenburg?'

De Cock stak zijn kin iets naar voren.

'Ik verdenk een ieder, die iets met Chemie IJsselstein te maken heeft.'

Commissaris Buitendam negeerde de opmerking. Hij strekte de wijsvinger van zijn rechterhand naar hem uit.

'Weet die... eh, die heer Justus van Aardenburg,' vroeg hij streng, 'dat jij zijn borrelglaasje met daarop zijn vingerafdrukken hebt meegenomen?'

De Cock trok zijn schouders op.

'Nog niet... denk ik,' antwoordde hij weifelend. 'Vermoedelijk heeft hij dat nog niet opgemerkt.' Over het gezicht van de oude rechercheur gleed een zoete grijns. 'Maar ik zal het hem beslist vertellen als ik een dezer dagen de heer Justus van Aardenburg op zijn buiten in Loenen bezoek en hem zijn borrelglaasje schoongemaakt... van aluminiumpoeder* ontdaan... en met dank voor het gebruik terugbreng.'

---

* nodig voor het afnemen van vingerafdrukken

74

Commissaris Buitendam keek hem strak aan.

'Hoofdinspecteur Raaymaekers van de dactyloscopische dienst wil, dat jij in een uitgebreid proces-verbaal vastlegt, hoe jij aan dat borrelglaasje met daarop die vingerafdrukken bent gekomen.'

De Cock voelde hoe de woede in zijn aderen terugkwam.

Hij schudde wild zijn hoofd.

'Geen denken aan,' riep hij kwaad. 'Daarvan maak ik geen proces-verbaal.'

Commissaris Buitendam fronste zijn wenkbrauwen.

'Waarom niet?'

De Cock zwaaide heftig met zijn armen.

'Dan ben ik bij voorbaat bezig met een verloren zaak,' riep hij fel, geëmotioneerd. 'Elke advocaat zal dan bij een eventuele rechtszitting onmiddellijk gaan gillen over een on-recht-matig verkregen bewijs.' De oude rechercheur liet zijn hoofd iets hangen. 'En triest genoeg,' ging hij bedroefd verder, 'mist onze huidige generatie rechters de moed, het inzicht en de wijsheid om geen acht op zo'n kreet te slaan.'

Commissaris Buitendam keek hem hoofdschuddend aan.

'Wat je daar zegt is heel onbehoorlijk, De Cock,' riep hij bestraffend.

De oude rechercheur trok zijn schouders op.

'Dat is mijn mening,' reageerde hij stug. 'In mijn jonge jaren als rechercheur heb ik nooit iets over onrechtmatig verkregen bewijs gehoord. Dat onzinnige begrip bestond niet eens.'

Commissaris Buitendam keek hem niet-begrijpend aan.

'Wat wil je dan?'

'Hoe bedoelt u?'

'Met dat borrelglaasje?'

De Cock zuchtte.

'Ik wil gewoon weten of die vingerafdrukken op dat borrelglaasje overeenkomen met de vingerafdrukken, die Ben Kreuger in het kamertje van de vermoorde Jan Akkerman heeft gevonden. Meer niet.' Hij spreidde zijn armen: 'Wat ik verder met de uitslag van dat onderzoek doe, is mijn zaak.'

Buitendam stak vermanend zijn wijsvinger omhoog.

'Je zult je toch aan de Wet moeten houden.'

De Cock knikte.

'Zeker. Maar ik ben... hoe dan ook... niet van plan om in het

75

onnozele advocaten-valletje van het zogenaamde onrechtmatig verkregen bewijs te trappen. Daarvoor ben ik toch te oud geworden.'
Met de vingers gespreid stak commissaris Buitendam zijn handen
vooruit.
'Het spijt me,' sprak hij verontschuldigend. 'Maar hoofdinspecteur
Raaymaekers stelt heel nadrukkelijk: zonder een proces-verbaal van
jou geen dactyloscopisch onderzoek.'
De Cock balde zijn vuisten en drukte de nagels van zijn vingers diep
in de palmen van zijn handen.
'Die vent is gek,' brieste hij. 'Stapelgek. Die man begrijpt van het
gewone recherchewerk geen moer.' Hij stond van zijn stoel op en
keek zijn chef woedend aan. 'En als u zo'n waardeloze vent een
veelbelovende jonge politieofficier noemt, dan twijfel ik toch heel
ernstig aan uw beoordelingsgave.'
Op het bleke gezicht van commissaris Buitendam kwam een rode
blos. Een ader klopte zichtbaar in zijn nek. Zijn neusvleugels trilden
en een zenuwtrek zwiepte langs zijn scherpe kaken. Met een ruk
kwam hij uit zijn stoel overeind en strekte zijn arm naar de deur.
'Eruit.'
De Cock ging.

De Cock liet zich in de stoel achter zijn bureau zakken. Op zijn
gezicht lag nog de spanning van zijn gesprek met Buitendam.
Vledder keek hem bezorgd aan.
'Was het weer zover?'
De Cock knikte traag.
'Die man moet zich nergens mee bemoeien. En hij moet zich ook
niet steeds voor het karretje van een ander laten spannen.'
'Wat was er dan nu weer?'
De Cock reageerde heftig.
'Het ging over hoofdinspecteur Raaymaekers, die jonge chef van de
dactyloscopische dienst. Hij wil de vingerafdrukken op het borrel-
glaasje, dat ik bij Justus van Aardenburg heb weggenomen, alleen
maar laten onderzoeken wanneer ik in een uitgebreid proces-verbaal
vermeld hoe ik aan dat glaasje kom.'
Vledder schudde vertwijfeld zijn hoofd.
'Zo'n proces-verbaal kun je toch niet maken? Dat is koren op de
molen van een advocaat.'
De Cock gebaarde met zijn handen.

'Dat heb ik de commissaris ook proberen duidelijk te maken. Maar Buitendam is star en die Raaymaekers is stom. Een man zonder enige ervaring. En bovendien bijzonder eigenwijs.' De oude rechercheur zuchtte en veranderde van toon. 'Achteraf bezien, hadden we hem beter niet kunnen zeggen hoe ik aan dat borrelglaasje kwam. Zie je, ik zou zelfs al blij zijn geweest met een negatief resultaat.'

Vledder keek naar hem op.

'Je bedoelt, dat de vingerafdrukken op het borrelglaasje niet overeenstemmen met de sporen, die Ben Kreuger in het kamertje van Jan Akkerman heeft gevonden?'

De Cock knikte nadrukkelijk.

'Precies... negatief. Dan had ik Justus van Aardenburg uit Loenen aan de Vecht van het lijstje van verdachten kunnen schrappen en mijn aandacht uitsluitend op de anderen kunnen richten.'

Vledder gniffelde.

'Door ook een borreltje met ze te gaan drinken?'

De opmerking van de jonge rechercheur trof doel. De Cock lachte ineens vrijuit. Het verdreef de nare herinnering aan zijn gesprek met commissaris Buitendam direct uit zijn gedachten. Hij keek op.

'Hoe ben jij gisteren gevaren?'

'Je bedoelt mijn gesprek met Greetje Jansen, de vrouw van Jan Akkerman?'

De Cock knikte.

'Daar heb ik nog geen verslag van gehoord.'

Vledder liet zijn onderlip hangen.

'Het leverde niets op.'

'Waren er geen schulden?'

Vledder knikte.

'Schulden genoeg. Maar die lagen in een ander vlak. Huurschulden, schulden bij postorderbedrijven, niet afbetaalde persoonlijke leningen. Al die schulden waren een paar jaar geleden al eens een keer gesaneerd. Er was zelfs sprake van een loonbeslag.'

'Geen speelschulden?'

Vledder schudde zijn hoofd.

'De liefde van de vrouw van Akkerman ging niet verder dan de eenarmige bandiet. Maar daaraan was ze dan ook totaal verslaafd.'

De Cock snoof.

'Misschien is ze dan nu genezen.'

Met zijn aluminiumkoffertje in de hand kwam Ben Kreuger de grote recherchekamer binnen. Hij liep naar De Cock en liet zich op de stoel naast diens bureau zakken. Zijn gezicht stond somber.

'Jammer, dat ik er gisteravond niet was toen Vledder bij ons kwam. Dan hadden we totaal geen trammelant gehad.' Hij maakte zijn koffertje open, pakte daaruit een borrelglaasje en zette dat voor De Cock neer. 'In opdracht van hoofdinspecteur Raaymaekers... ik kom het je terugbrengen.'

De oude rechercheur bekeek het glaasje aandachtig. Daarna dwaalde zijn blik terug naar Ben Kreuger.

'Er... eh, er zitten nog spoortjes van aluminiumpoeder op,' sprak hij aarzelend.

Ben Kreuger knikte gelaten.

'Dat kan wel.'

De Cock keek de oude dactyloscoop schuins aan. Om zijn mond dartelde een glimlach.

'Heb... eh,' vroeg hij voorzichtig, 'heb je het glaasje toch op vingerafdrukken onderzocht?'

Ben Kreuger knikte opnieuw en antwoordde traag:

'Maar het resultaat krijg je van mij niet zwart op wit. Dat kan ik niet maken.'

De Cock schudde zijn hoofd.

'Dat vraag ik ook niet.'

Ben Kreuger wees naar het glaasje.

'Het klopt,' sprak hij simpel.

De Cock keek hem verbijsterd aan.

'Het klopt?' riep hij onthutst. 'Waren het dezelfde vingerafdrukken als in het kleine kamertje van Jan Akkerman?'

Ben Kreuger klapte zijn aluminiumkoffertje dicht en stond langzaam op.

'Dezelfde.'

11

Nadat Ben Kreuger met zijn aluminiumkoffertje de grote recherche-kamer had verlaten, viel er een diepe stilte. De mededeling van de oude dactyloscoop, dat de vingerafdrukken die Justus van Aardenburg op het borrelglaasje had achtergelaten, overeenkwamen met de gevonden vingerafdrukken in het kamertje van de vermoorde Jan Akkerman, had een verpletterende uitwerking op beide rechercheurs. Het bericht had hen met stomheid geslagen.

Als gebiologeerd staarde Vledder naar het nietige borrelglaasje op het bureau van De Cock. De jonge rechercheur zuchtte omstandig.

'Daar staat het klare en onomstotelijke bewijs voor het plegen van een gruwelijke moord.' Vertwijfeld schudde hij zijn hoofd. 'En wat kunnen we er mee doen? Niets... maar dan ook totaal niets. Dat is... eh, dat is toch om krankzinnig van te worden.'

Zijn kin leunend in het kommetje van zijn handen, steunde De Cock met zijn ellebogen op het blad van zijn bureau. Ook hij hield het kleine borrelglaasje... een kelkje op een hoog pootje... met zijn blik gevangen.

'Toen ik gisteren dat borrelglaasje uit het prieel in Loenen aan de Vecht wegnam,' sprak hij mijmerend, 'heb ik mij de gevolgen niet gerealiseerd. Ik had ook die jonge hoofdinspecteur van de dactyloscopische dienst niet in het hoofd.'

Hij grinnikte vreugdeloos. 'Onrechtmatig verkregen bewijs... vroeger hielden wij, rechercheurs, ons niet met die onzin op.' Hij wees in de richting van het kelkje op zijn bureau.

'Vroeger hadden wij op basis van zijn vingerafdrukken op dat borrelglaasje die Justus van Aardenburg in Loenen aan de Vecht heel eenvoudig als verdacht van moord op Jan Akkerman gearresteerd. En vanaf het moment van zijn arrestatie waren wij dan bevoegd geweest om... ook tegen zijn uitdrukkelijke wil... een volledig dactyloscopisch signalement van hem te maken... en dat als bewijs in een strafzaak tegen hem te laten dienen.'

Vledder gebaarde voor zich uit.

'Het is toch te gek. Kunnen wij dan nu niet op een rechtmatige wijze aan de vingerafdrukken van Justus van Aardenburg komen?'

In zijn stem trilde wanhoop.

De Cock glimlachte.

'We kunnen hem heel gedwee, vriendelijk en onderdanig vragen of hij bereid is om vrijwillig zijn medewerking te verlenen.'

Het klonk cynisch.

'En?' vroeg Vledder.

'Wat bedoel je?'

'Als hij dat niet doet?'

De Cock trok zijn schouders op.

'Niemand behoeft aan zijn eigen veroordeling mee te werken... ook dat staat in de wet.'

Vledder staarde hem ongelovig aan.

'Met andere woorden... we staan gewoon machteloos. We weten wie de dader is... we kennen de moordenaar van Jan Akkerman... maar moeten hem ongemoeid laten. Is dat gerechtigheid?'

De Cock zuchtte.

'Treur niet om aardse gerechtigheid... er is altijd nog een laatste oordeel.'

Vledder keek hem aan.

'Een kreet van je oude moeder?'

De Cock antwoordde niet. Hij pakte uit een lade van zijn bureau het kelkje, waaruit hij in het prieel in Loenen aan de Vecht zelf had gedronken, en zette dat naast het andere borrelglaasje.

Een tijdje keek hij ernaar. Peinzend wat hij met de beide glaasjes doen kon... welke mogelijkheden daarin nog lagen besloten. En langzaam rijpte in zijn oude rechercheurshoofd een plan. Hij gebaarde in de richting van Vledder.

'Maak ze alle twee beneden in de kantine goed schoon. En kijk of we ergens nog een aardig doosje hebben om ze goed in te verpakken.'

De jonge rechercheur keek hem niet-begrijpend aan.

'En dan?'

De Cock glimlachte.

'Dan pakken wij dat doosje in, doen er een stukje touw omheen en bevestigen daaraan een politielabel, waarop we duidelijk de naam Justus van Aardenburg schrijven. Meer is niet nodig. Dan rijden wij samen met onze nieuwe Golf naar Loenen aan de Vecht.'

Vledder fronste zijn wenkbrauwen.

'En geven hem zijn borrelglaasjes terug?'

De Cock knikte met een ernstig gezicht.

'Dan geven we hem zijn borrelglaasjes terug.' Hij stak gebarend de wijsvinger van zijn rechterhand omhoog. 'Maar niet zomaar. Ik vertel Justus van Aardenburg eerst, dat wij in het kleine zijkamertje van de vermoorde Jan Akkerman zeer bruikbare vingerafdrukken hebben gevonden. Dan reik ik hem met een strak gezicht dat doosje aan en verzoek hem plechtig om het open te maken.'

Vledder maakte een korte schouderbeweging.

'Dan vindt hij die twee glaasjes.'

De Cock knikte opnieuw.

'Justus van Aardenburg is een intelligent man. Hij zal zich realiseren hoe ik aan die borrelglaasjes ben gekomen en dan onmiddellijk beseffen, dat ik in het bezit ben van zijn vingerafdrukken.'

De uitdrukking op het gezicht van Vledder verhelderde.

'En op dat moment vraag jij...'

De Cock grijnsde.

'... heer Van Aardenburg, hebt gij nog iets te zeggen?'

Vledder glunderde.

'Dat lukt,' riep hij blij verrast, 'dat lukt. Hij zal toegeven dat hij het heeft gedaan.' Hij keek de grijze speurder bewonderend aan. 'De Cock... je bent het nog steeds niet verleerd.' Het gezicht van de jonge rechercheur versomberde plotseling. 'En als Justus van Aardenburg op dat moment aan ons bekent, dat hij Jan Akkerman heeft vermoord... is dat dan wel een recht-ma-tig verkregen bewijs?'

De Cock maakte een grimas.

'Als hij bekent,' sprak hij docerend, 'bestaat er ten aanzien van hem een redelijk vermoeden van schuld en is Justus van Aardenburg in de zin van de wet een verdachte en zijn wij volledig in de rechtmatige uitoefening van onze bediening... zoals dat plechtig heet... om zijn vingerafdrukken af te nemen.'

De jonge rechercheur keek hem verwonderd aan.

'Maar,' riep hij onthutst, 'wat een nonsens. Wat een onzinnig gedoe... een verschrikkelijk moeilijke omweg... met bovendien nog een glansje van bedrog.' Hij wees wild naar de kleine borrelglaasjes op het bureau van De Cock. 'We hebben toch de vingerafdrukken van Justus van Aardenburg... we weten toch, dat die overeenstemmen met de vingerafdrukken die in het kamertje van de vermoorde Jan Akkerman zijn gevonden?' Hij schudde vertwijfeld zijn hoofd. 'Dit is niet normaal, De Cock. Dit grenst aan waanzin.'

De oude rechercheur strekte zacht grinnikend zijn wijsvinger naar de jonge rechercheur uit.

'Dick Vledder... dit is waarlijk de eerste verstandige opmerking die ik vandaag van je hoor... dit grenst aan waanzin.'

Ze reden met hun nieuwe Golf van de steiger achter het bureau weg. Het weer was omgeslagen. De zon en het gulle blauw gingen schuil achter een laag grauw wolkendek, waaruit een trage regen viel. Vledder zette de ruitewissers aan en De Cock bromde.
'De lente was zo jubelend begonnen,' jammerde hij. 'Stralend. Met dartele lammetjes in de wei en vrolijke schapewolkjes in de lucht.' Worstelend met een knellende autogordel liet hij zich onderuitzakken. 'Hoeveel dagen hebben we nu mooi weer gehad... drie, vier?' Vledder antwoordde niet. Hij duimde naar het pakje op de achterbank van de Golf. 'Ze hadden bij de kantine nog wat houtwol. Daar heb ik de glaasjes in gedaan... voor het stoten.'
De Cock drukte zich weer wat omhoog en blikte opzij.
'Weet je waar ik niet uit kom?'
'Nou?'
'Het motief... wat voor motief zou Justus van Aardenburg hebben gehad om Jan Akkerman naar het leven te staan? Ik kan niets zinnigs bedenken.'
Vledder trok zijn schouders op.
'Misschien deed hij het wel in opdracht van Charles van Abbekerken?'
'Dus in opdracht van Chemie IJsselstein?'
'Precies.'
De Cock trok een bedenkelijk gezicht.
'Justus van Aardenburg,' formuleerde hij voorzichtig, 'maakte op mij niet de indruk een man te zijn, aan wie men zo, zonder meer, een opdracht tot moord kan geven.'
Vledder lachte.
'Waarom zouden wij er over piekeren,' sprak hij luchtig. 'Als Justus van Aardenburg straks een bekentenis aflegt, dan vertelt hij ons wel waarom hij die Jan Akkerman om zeep hielp.'
De Cock zweeg en blikte om zich heen.
'Hoe had je gedacht te rijden?'
Vledder zwaaide.
'Ik heb het op de kaart nog even nagekeken... via de A2, de Utrechtseweg en dan bij afslag Vinkeveen eraf... richting Loenen.'
De Cock schudde zijn hoofd.

'Ik houd niet van die jachtige snelwegen. De vorige keer ben ik langs de Gaasp gereden via Weesp. Dat is veel rustiger.'

'En dan... na Weesp?'

De Cock wuifde voor zich uit.

'Ik wijs het je wel.'

De oude rechercheur trok zijn autogordel iets los en liet zich weer onderuit-zakken. Eerst toen ze de stad hadden verlaten, kwam hij overeind.

Als een registrerende videocamera nam hij de omgeving in zich op. De weg langs de Gaasp had hem de vorige keer al gefascineerd. Het was alsof die vreemd kronkelende weg hem iets te vertellen had.

Voorbij Weesp gaf hij Vledder de aanwijzing om over de brug rechtsaf de Dammerweg langs de Vecht te volgen... een vrij smal klinkerpad omzoomd door bomen.

Aan de andere zijde van het water lagen woonboten en links was de 'Bierhut', een klein café.

De weg slingerde zich naar Nederhorst den Berg. Links lag hotel-bar-restaurant 'Het Wapen van Nederhorst' en rechts, tussen het prille groen, schemerde het fraaie kasteeltje 'Nederhorst'.

Gedreven door een innerlijke stem, die hem maande om vooral oplettend te zijn, nam de grijze speurder de omgeving in zich op.

Nadat ze de lange lintbebouwing van Nederhorst den Berg achter zich hadden gelaten, volgden ze de provinciale weg naar Vreeland. Bij sluis en brug ' 't Hemeltje' maakte de weg een scherpe bocht naar links.

Vledder, die iets te snel de bocht inging, hield de nieuwe Golf slechts met moeite in bedwang.

De Cock keek opzij.

'Doe je voorzichtig,' riep hij waarschuwend. 'We hebben alle tijd. Justus van Aardenburg zit niet op ons te wachten.'

Vledder schudde afkeurend zijn hoofd.

'Wie zoekt er ook een weg uit met zoveel bochten.'

De Cock reageerde met verbazing.

'Vind je het hier niet prachtig? Dit is Holland op z'n mooist.'

Vledder grijnsde breed, maar gaf verder geen commentaar.

Het landschappelijk schoon was kennelijk niet aan hem besteed.

Aan het einde van de provinciale weg stuurde de jonge rechercheur de nieuwe Golf behendig door de straatjes van het pittoreske Vree-land in de richting van Loenen aan de Vecht. Hij wees voor zich uit.

'Weet je waar we zijn moeten?'

De Cock knikte.

'Ik heb het de vorige keer ook gevonden. Die Justus van Aardenburg heeft een werkelijk schitterend buiten, daar in Loenen aan de Vecht. Beslist een juweel. Volgens mij is die vent schatrijk.'

Vledder snoof.

'Als men echt schatrijk is... waarom pleegt men dan een moord?'

De grijze speurder plukte aan zijn neus.

'Misschien wel,' sprak hij glimlachend, 'om nog rijker te worden. De meeste misdaden worden nu eenmaal uit hebzucht gepleegd.'

Ze reden Loenen binnen en De Cock gaf aanwijzingen over de te volgen route. Hij wees schuin voor zich uit.

'Daar... die oprijlaan.'

Vledder minderde vaart en reed langs een fraaie poort naar binnen. Het grind knarste onder de banden.

De jonge rechercheur stopte de Golf achter de fraai gestroomlijnde donkerblauwe Jaguar, die voor de ingang van het buiten stond.

De rechercheurs stapten uit en gooiden de portieren achter zich dicht.

Vledder liep bewonderend om de fraaie Jaguar heen en schoof zijn onderlip naar voren.

'Geloof me,' meesmuilde hij, 'daar koop je ook een aardige door-zonwoning voor. Kijk, zoiets zou ik nog weleens willen hebben.'

Hij liep voor de Jaguar om naar de trappen van het bordes.

De Cock riep hem terug.

'Laten we achterom gaan. Van Aardenburg is meest in zijn prieel te vinden.'

Vledder slenterde achter de oude rechercheur aan door een kleine laan langs de zijkant van het gebouw.

Plotseling kwam in een sjokkend looppasje vanuit de richting van het prieel een bejaarde man op klompen.

De Cock herkende hem onmiddellijk als de oude tuinman, die hij bij zijn eerste bezoek aan het buiten van Van Aardenburg had ontmoet.

Voor de beide rechercheurs bleef de oude man hijgend staan. Zijn gezicht zag lijkbleek en uit zijn ogen straalde een vreemde blik van angst, verbijstering en verwarring.

'Hij... eh, hij is dood,' stamelde hij. 'Hij... eh, hij is dood.'

De Cock keek hem niet-begrijpend aan.

'Wie is er dood?' vroeg hij streng.

De vraag drong niet tot de oude man door.

'Hij... eh, is dood,' stamelde hij opnieuw. 'Hij... eh, is dood.'

De Cock duwde de oude man opzij en draafde naar het prieel. Vledder volgde.

Met de open deur van het prieel in zijn hand bleef De Cock even staan. Toen ging hij voorzichtig verder.

In het prieel, links, bij een kleine koelkast lag het lichaam van een man. Hij lag op zijn buik, zijn linkerbeen was iets opgetrokken en zijn beide armen staken gestrekt naar voren.

De Cock knielde bij de man neer en trok het lichaam aan de rechterschouder iets omhoog.

Vledder hijgde in zijn nek.

'Justus van Aardenburg?'

De Cock knikte.

'Met drie kogels in zijn borst.'

12

Nadat ze met enige uitleg, de zaak van de vermoorde Justus van Aardenburg aan de plaatselijke politie hadden overgegeven, reden Vledder en De Cock met maximum snelheid van Loenen aan de Vecht naar Amsterdam terug. In het interieur van de nieuwe Golf heerste een lamlendige mineurstemming.

Vledder had ronduit geweigerd om opnieuw de slingerende route langs Vreeland en Nederhorst den Berg te rijden, maar had voor de brede A2 gekozen.

Het weer was in korte tijd verslechterd. Donkere wolken joegen langs de hemel. Ook de regen was in hevigheid toegenomen. Dikke druppels kletterden op het dak. Met hoge snelheid passerende wagens wierpen zoveel water tegen de voorruit van de Golf, dat de jonge rechercheur het uitzicht bijkans werd ontnomen.

Om aan de magie van de zwiepende ruitewissers te ontkomen, had De Cock zich diep onderuit laten zakken.

Het vinden van de dode Justus van Aardenburg had hem onaangenaam verrast. Hoewel hij wist, dat het menselijk handelen onvoorspelbaar is, had hij toch geen moment verwacht, dat de man uit Loenen aan de Vecht het slachtoffer van een moordaanslag zou worden. Dat paste niet in het denkpatroon dat hij zich van de zaak had gevormd.

De oude rechercheur drukte zich iets omhoog.

'Het klopt niet,' sprak hij hoofdschuddend.

'Wat niet?'

'Die moord op Justus van Aardenburg.'

Vledder snoof.

'Je kunt moeilijk zeggen dat het niet klopt,' sprak hij zacht grinnikend. 'Je hebt zelf de kogelgaten in zijn borst gezien.'

De Cock wreef peinzend over zijn kin.

'Zowel de moord op Jan Akkerman, als de moord op Justus van Aardenburg,' sprak hij samenvattend, 'heeft dezelfde modus operandi... is op identieke wijze gepleegd. Ik ben er ook vrijwel van overtuigd, dat het onderzoek van de kogels en de hulzen zal bewijzen, dat ze alle uit hetzelfde wapen komen... een wapen, dat door een en dezelfde man of vrouw werd gehanteerd.'

Vledder keek hem van terzijde aan.

'Wat klopt er dan niet?'

De Cock stak zijn handen gebarend naar voren.

'Omdat Ben Kreuger in het zijkamertje van Jan Akkerman,' ging hij geduldig verder, 'de vingerafdrukken van Justus van Aardenburg vond, gingen wij er, mijns inziens terecht, van uit, dat Justus van Aardenburg ook de man was, die de chauffeur met schoten uit een pistool had omgebracht. Maar als Jan Akkerman en Justus van Aardenburg door een en dezelfde man of vrouw werden vermoord, dan was Justus van Aardenburg ergo niet de man, die op Jan Akkerman schoot.'

Vledder keek hem met grote ogen aan.

'Hoe komen dan zijn vingerafdrukken in dat kamertje?'

De Cock ademde diep.

'Justus van Aardenburg is beslist in dat kleine zijkamertje geweest en heeft daar naar iets gezocht. Daar kunnen we zonder meer van uitgaan. Die vingerafdrukken van hem komen daar niet vanzelf.' Hij bracht zijn wijsvinger voor zijn neus. 'Daarbij zijn er twee mogelijkheden... of het gebeurde vóór de moord, toen Jan Akkerman en zijn vrouw nog in het Chinese restaurant zaten te eten... of het gebeurde nadat Jan Akkerman zijn moordenaar al had ontmoet.'

Vledder slikte.

'In dat geval moet Justus van Aardenburg in de woning een reeds dode Jan Akkerman hebben aangetroffen en over zijn lijk zijn heen gestapt.'

De Cock knikte gelaten.

'Ik neem voorlopig aan, dat dit ook inderdaad is gebeurd. Als Justus van Aardenburg voor de moord in dat zijkamertje was geweest, dan hadden we aan de woningdeur van Jan Akkerman duidelijke sporen van braak moeten vinden. Die waren er niet.'

De oude rechercheur zweeg even. Nadenkend. Na enkele seconden blikte hij met gefronste wenkbrauwen opzij. 'Was het bij de familie Akkerman feitelijk wel de gewoonte om bij het verlaten van de woning de deur slotvast te sluiten? Een blind paard kon er geen schade doen.'

Vledder keek hem wat verdwaasd aan.

'Dat... eh, dat weet ik niet. Dat heb ik nooit aan mevrouw Akkerman gevraagd.'

De Cock liet zich weer wat onderuitzakken.

'Als we straks in Amsterdam zijn, rij dan naar de Scheevenaarstraat.

Ik wil toch weten of die deur al dan niet op slot was.'
'Waarom?'
De Cock keek schuin omhoog.
'Er bestaat een grote kans, dat zowel Justus van Aardenburg als de moordenaar bij Jan Akkerman naar hetzelfde heeft gezocht. Als Justus van Aardenburg voor de moord in het kamertje was, dan heeft hij vermoedelijk gevonden wat hij zocht en viste de moordenaar achter het net. En dat zou best eens de reden kunnen zijn waarom Justus van Aardenburg later werd vermoord.'
Vledder staarde voor zich uit.
'Dan moet de moordenaar hebben geweten, dat Justus van Aardenburg reeds bezat, wat hij zelf graag wilde hebben... zo graag... zo dwingend, dat hij zelfs bereid was tot een tweede moord.'
'Zo is het.'

Mevrouw Akkerman schudde haar hoofd.
'Mijn woningdeur? Op slot? Nooit.' Ze wuifde om zich heen. 'Hier is toch niets te halen? Als ik morgen mijn hele meubilair... al mijn bezit... aan de rand van het trottoir zet, dan is er nog geen morgenster*, die het wil meenemen.'
De Cock glimlachte. 'Iedereen kan toch zo bij je binnenstappen.'
Mevrouw Akkerman grijnsde.
'Nou en? Als ze hier bij mij de armoede zien, lopen ze gillend de trap af.'
De Cock wees naar het zijkamertje.
'Uw man had een redelijk fototoestel! Dat laat men toch niet onbeheerd liggen?'
Mevrouw Akkerman schudde haar hoofd.
'Jan had geen fototoestel.'
De Cock keek haar ongelovig aan.
'Maar op het feestje dat Chemie IJsselstein voor het personeel had georganiseerd, heeft uw man wel degelijk foto's gemaakt.'
Mevrouw Akkerman knikte.
'Met het toestel van Van Abbekerken... het toestel van de zaak. Daar fotografeerde Jan wel meer mee. Als er op de zaak iets te doen was, dan nam Jan de foto's. Dat deed hij aardig.'
'En dan ontwikkelde hij ze zelf?'

---

* voddenraper, die op straat staand vuil doorzoekt

Mevrouw Akkerman schudde opnieuw haar hoofd.

'Hij bracht het rolletje altijd naar een sigarenwinkel op de Zeedijk. Daar kon hij de foto's al na twee dagen afhalen.'

De Cock wees weer naar het zijkamertje.

'Als ik mij goed herinner, dan heb ik daar toch fotoapparatuur zien staan.'

Mevrouw Akkerman zuchtte.

'Dat was een nieuwe gril van hem,' sprak ze afkeurend. 'Hij zei, dat hij zelf weleens wilde leren ontwikkelen en afdrukken.'

'Hebt u de foto's die Jan op dat feestje heeft gemaakt, gezien?'

'Nee.'

'Weet u waar die zijn gebleven?'

Mevrouw Akkerman spreidde haar mollige handen.

'Jan ging zijn eigen gang en ik ging mijn eigen gang. Al jaren. En als ik mij wat verdrietig voelde, dan stond ik met een paar piekies in mijn hand bij zo'n eenarmige bandiet. Ik ben op die manier heel wat piekies en knaken* kwijtgeraakt.' Ze zuchtte omstandig. 'Het kon Jan, geloof ik, allemaal niet zoveel schelen. Hij leefde alleen voor zijn werk... voor zijn pet, voor zijn uniform van chauffeur en voor de wagens waarmee hij reed. Daar ging hij helemaal in op. Ik mocht alles van hem doen... het huishouden verslonzen... gokken bij het leven... als zijn uniform maar puik in orde was, compleet met een wit, goedgestreken overhemd. Ik zei het u al... de rest? De rest kon hem geen moer schelen.'

De Cock keek de vrouw secondenlang aan. Ze maakte op hem zo'n ontredderde indruk, dat een golf van medelijden zijn hart over-spoelde. Hij boog zich vertrouwelijk naar haar toe.

'Hebt u enig idee waarom iemand zijn dood zocht?'

Mevrouw Akkerman trok haar schouders op.

'Jan deed geen mens kwaad. Als er een vogeltje op de weg zat, zou hij er nog voor remmen.'

De Cock glimlachte.

'Sprak hij weleens met u over situaties bij Chemie IJsselstein?'

'Nooit.'

'Kwamen er weleens personeelsleden of directeuren van Chemie IJsselstein bij u over de vloer?'

Mevrouw Akkerman grijnsde.

* bargoens; piekies zijn guldens, knaken rijksdaalders

'Hier in die troep? Jan schaamde zich voor zijn armoede. Als ze hem nodig hadden, dan was er de telefoon.'

De Cock knikte begrijpend.

'Kon Jan goed met zijn directe baas opschieten?'

Mevrouw Akkerman maakte een grimas.

'Die Van Abbekerken is gek... stapelgek... lijdt volgens mij aan hoogmoedswaanzin. Jan had pas van hem een spiksplinternieuwe Mercedes onder zijn kont... de wagen was nauwelijks ingereden... moest Jan hem alweer inruilen.'

De Cock glimlachte.

'Wie 't breed heeft, laat het breed hangen.'

Op het gezicht van mevrouw Akkerman kwam een sombere trek en haar ogen vulden zich met tranen.

'Ik ben benieuwd of die Van Abbekerken op zijn begrafenis komt.'

'Wanneer wordt Jan begraven?'

Mevrouw Akkerman slikte.

'Morgen... morgenochtend om tien uur... op Westgaarde. Ik zal er wel alleen zijn, denk ik. We hebben al jaren geen kennissen of vrienden meer.'

Ze trok een zwart plastic handtasje, dat voor haar op tafel lag, naar zich toe en graaide erin. Daarna stak ze haar open rechterhand vol guldens en rijksdaalders voor zich uit.

'Ik ben verdrietig,' sprak ze huilend. 'Ik... eh, ik ben echt heel erg verdrietig. Maar bij die kast zien ze mij niet meer.' Ze keek met een betraand gezicht naar hem op. 'Volgens mij, meneer De Cock... volgens mij werd dat Jan zijn dood.'

Vledder reed de Golf de Scheevenaarstraat uit en voegde zich in het drukke stadsverkeer. Het regende nog steeds. De kleurrijke lichtreclames aan het Damrak spiegelden in het natte asfalt.

De jonge rechercheur blikte opzij.

'Vind je, dat jouw verhoor van mevrouw Akkerman vanavond iets heeft opgeleverd? Ik bedoel... meer dan we al wisten?'

De Cock plooide zijn lippen in een tuitje.

'Ik denk, dat jij gistermiddag bij jouw verhoor van mevrouw Akkerman het accent voornamelijk op haar gokverslaving hebt gelegd.'

Vledder knikte nadrukkelijk.

'Uiteraard, ik dacht daarin het motief voor de moord op Jan Akkerman te vinden.' De jonge rechercheur gebaarde voor zich uit. 'En je hebt nu zelf van haar gehoord, dat ook zij vindt, dat haar gokverslaving beslist iets met de dood van haar man heeft te maken.'

De Cock grinnikte.

'En hoe wil je nu de gokverslaving van mevrouw Akkerman in verband brengen met de moord op Justus van Aardenburg in Loenen aan de Vecht?'

Vledder trok een beteuterd gezicht.

'Ik wist op het moment dat ik mevrouw Akkerman verhoorde toch niet,' riep hij verontschuldigend, 'dat Justus van Aardenburg zou worden vermoord?' Hij blikte scherp opzij. 'Heb jij de moord op Justus van Aardenburg voorzien?'

Het klonk agressief.

De Cock schudde zijn hoofd.

'Gezien zijn vingerafdrukken in het kamertje had ik hem als moordenaar gekwalificeerd... al begreep ik niet wat voor een motief hij zou moeten hebben gehad om Jan Akkerman neer te knallen.'

Vledder parkeerde de Golf op de steiger achter het bureau. De jonge rechercheur draaide het contact om, maar stapte niet direct uit.

'Heb jij enig idee,' vroeg hij bezorgd, 'waarnaar Justus van Aardenburg en de moordenaar hebben gezocht?'

De Cock maakte zijn autogordel los.

'Dat idee heb ik nog niet,' sprak hij bedachtzaam. 'Maar de dood van Justus van Aardenburg werpt toch een nieuw licht op de zaak.' Hij zuchtte diep. 'Hopelijk is dat licht helder genoeg om een derde moord te voorkomen.'

Vledder keek hem verrast aan.

'Een derde moord?' riep hij geschokt.

De grijze speurder reageerde niet. Hij stapte uit de Golf en waggelde in zijn zo typische slentergang de steiger af.

Vledder sloot de Golf en kwam hem na.

In de Oudebrugsteeg wuifde De Cock naar een knap jong hoertje, dat groetend haar paraplu omhoog stak. Daarna sjokte hij de Warmoesstraat in. Peinzend. Haar naam wilde hem niet te binnen schieten.

Het oude politiebureau, zo zag hij tot zijn genoegen, stond er nog steeds. Toen hij de ruime hal binnenstapte, wenkte Jan Kusters hem vanachter de balie met een kromme vinger.

'Wat zijn jullie laat!' riep hij licht geprikkeld. 'Het is al kwart over elf. Ik was bang, dat je niet meer langs zou komen.'

De Cock liep kalm op hem toe.

'We hebben ergens een lijk ontdekt en dat houdt altijd even op.'
De wachtcommandant ontging de spot. Hij stak zijn arm omhoog.
'Er zit boven al meer dan een uur een man op je te wachten.'
'Wat voor een man?'
'Een betrekkelijk jonge man.'
De Cock fronste zijn wenkbrauwen.
'Wie is het?'
Jan Kusters spreidde zijn handen.
'Ik heb niet naar zijn naam gevraagd,' sprak hij verontschuldigend.
'Het was druk. Ik had nogal wat volk voor de balie toen hij naar je
vroeg. Ik heb hem direct naar boven gewuifd. Ik dacht: jij komt
straks nog wel even binnen- zeilen.'
De Cock knikte begrijpend. Hij slofte van de balie weg en liep de
trap op.
Vledder volgde met lichte tred.
Toen de grijze speurder zachtjes hijgend de tweede etage had be-
reikt, zag hij bij de deur van de grote recherchekamer op de bank een
stevig gebouwde jongeman zitten. De oude rechercheur schatte hem
op achter in de twintig... zeker niet ouder.
Toen de jongeman De Cock in het oog kreeg, stond hij haastig van de
bank op en kwam met een verlegen lachje om zijn mond naar hem
toe. Aarzelend bracht hij zijn hand naar voren.
'Ik ben Peter,' sprak hij zacht, 'Peter van Lunteren.'

13

De Cock leunde in zijn stoel achterover. Zijn scherpe blik tastte de gelaatstrekken af van de jongeman, die hij naast zijn bureau had laten plaatsnemen. Een rond gezicht met een wat platte neus, licht-blauwe ogen en blond, stoppelig kortgeknipt haar.

De oude rechercheur glimlachte.

'Wat kom je doen?'

Peter van Lunteren keek hem verbaasd aan.

'Ik dacht, dat u mij nodig had?'

De Cock negeerde de vraag.

'Ben je niet bang meer voor de beulen van Chemie IJsselstein?'

Peter van Lunteren knikte.

'Ik ben nog steeds bang, maar ten opzichte van u wil ik niet langer verstoppertje spelen. Angelique en ik hebben vanmiddag lange tijd over u gesproken. Angelique vond, dat u haar vanmorgen in de Rode Leeuw uiterst correct en eerlijk had behandeld en zij heeft mij er toe weten over te halen om contact met u op te nemen.'

De Cock keek hem vragend aan.

'Waarover?'

'Wat bedoelt u?'

'Waarover wilde je contact met mij opnemen?'

Peter van Lunteren maakte een wanhopig gebaar. 'Over mijn hui-dige situatie. Dat kan toch zo niet blijven? Ik kan mij niet eeuwig voor de mensen van Chemie IJsselstein verbergen.'

'En de klacht, die jij over hen hebt ingediend bij het VROM?'

Peter van Lunteren zuchtte.

'Daar blijf ik bij. Ik heb het alleen wat klungelig aangepakt. Dat zie ik nu wel in.' Hij dacht even na. 'Angelique en ik logeren nu al enkele dagen bij een oude vriend van mij. Die woont op een comfor-tabele woonboot aan de Amstel. Mijn vriend heeft dezelfde oplei-ding gehad als ik. We nemen nu dagelijks watermonsters.'

De Cock knikte begrijpend.

'Je wilt alsnog het bewijs leveren, dat Chemie IJsselstein gif in de Amstel loost.'

Op het gezicht van Peter van Lunteren kwam een grijns.

'Dat wil ik nog steeds.'

'Ondanks de dreigbrief?'

Peter van Lunteren trok zijn schouders iets op.

'Daar til ik niet zo zwaar aan... al ben ik voortdurend op mijn hoede.'

De Cock kwam iets naar voren. Hij keek de jongeman voor zich nauwlettend aan.

'Jan Akkerman is vermoord.'

De mond van Peter van Lunteren zakte open.

'Wat?' riep hij geschrokken.

De Cock knikte. 'Drie kogels in zijn borst. En eenzelfde lot trof Justus van Aardenburg.'

Het gezicht van Peter van Lunteren zag bleek.

'Ga... eh, gaat het toch rommelen,' stotterde hij.

De Cock hield zijn hoofd iets schuin. 'Rommelen?'

Peter van Lunteren knikte.

'Er is in de top van Chemie IJsselstein al jaren een soort machtsstrijd gaande. Het is, dat die Van Abbekerken zo'n sluwe, meedogenloze man is, anders was hij al lang weggewerkt.'

'Door wie?'

'Door een van die andere Zeg-eens-A-klanten. Ik dacht, dat zij alle drie wel dolgraag de plaats van Van Abbekerken wilden innemen.'

De Cock strekte zijn wijsvinger naar de jongeman uit.

'Van Abbekerken heeft jou beschuldigd van chantage. Jij zou van Chemie IJsselstein vijf miljoen aan zwijggeld hebben geëist.'

Peter van Lunteren grijnsde.

'Ik heb dat zotte verhaal van Angelique gehoord. Het komt vast en zeker uit de koker van Van Abbekerken. Dat is zo zijn manier van doen. Zo manipuleert hij zijn medewerkers.'

'Ook de directeuren?'

Peter van Lunteren knikte nadrukkelijk.

'Ik weet zeker, dat ze alle drie zijn bloed wel kunnen drinken, maar op een of andere manier zijn ze bang voor die vieze vetzak.'

De Cock leunde weer iets achterover.

'Ik wil nog eens met je teruggaan naar dat feestje... dat feestje voor het personeel van Chemie IJsselstein. Wanneer was dat precies?'

'Jongstleden zaterdag twee weken geleden.'

'Waren alle directeuren op dat feestje aanwezig?'

Peter van Lunteren knikte.

'Zonder hun vrouwen, die lieten ze bij dergelijke personeelsfeestjes altijd thuis.'

De Cock keek hem verwonderd aan.

'Was die Justus van Aardenburg getrouwd?' riep hij verrast. 'Ik heb op zijn buiten in Loenen aan de Vecht geen vrouw gezien.'

Peter van Lunteren glimlachte.

'Van Van Aardenburg werd gefluisterd, dat hij niet zo op vrouwen was gesteld. Maar de andere directeuren hebben allen een wettige eega.'

De Cock plukte aan zijn onderlip.

'Angelique vertelde mij, dat Van Abbekerken het haar op dat feestje nogal lastig maakte en ook vrij veel whisky dronk.'

Peter van Lunteren grinnikte.

'Ze waren alle vier flink aangeschoten.'

'Alle vier?'

Peter van Lunteren knikte.

'Ze hebben na het beëindigen van dat feestje hun wagens dan ook wijselijk laten staan. Jan Akkerman heeft ze naar huis gereden. Dat gebeurde wel vaker... bijvoorbeeld na een rijkelijk in alcohol gedrenkte vergadering. De directeuren wonen toch alle vier op dezelfde route.'

De Cock fronste zijn wenkbrauwen.

'Hoe weet je, dat Jan Akkerman de directeuren die avond naar huis reed? Heeft hij je dat verteld?'

Peter van Lunteren schudde zijn hoofd.

'Ik sprak nooit met Jan Akkerman. Hij kwam ook maar zelden op onze vestiging aan de Amstel.'

'Hoe weet je het dan?'

Peter van Lunteren gebaarde voor zich uit.

'Angelique en ik hebben hen die avond zien instappen en met de grote Mercedes van Van Abbekerken zien wegrijden. Dat gebeurde pal voor onze neus. Wij stonden samen op de vluchtheuvel op de laatste tram te wachten.'

De Cock wreef nadenkend over zijn brede kin.

'Jij weet iets,' formuleerde hij voorzichtig, 'van de interne verhoudingen bij Chemie IJsselstein... heb jij een verklaring voor de moord op Justus van Aardenburg en Jan Akkerman?'

Peter van Lunteren knikte traag.

'Charles... Charles van Abbekerken.'

Vledder zwaaide geëmotioneerd met zijn armen.

'Je liet hem gaan,' riep hij verbijsterd. 'Je liet hem gewoon gaan.'

De Cock keek Vledder niet-begrijpend aan.

'Over wie heb je het?'

Vledder wees naar de deur van de recherchekamer.

'Die Peter van Lunteren.'

De Cock trok zijn wenkbrauwen op.

'En? Had ik hem vast moeten houden? Op basis waarvan? Die lasterlijke aanklacht, waarvan ik nog geen letter op papier heb staan? Bovendien heeft de wet daar geen voorlopige hechtenis op toegelaten.'

Vledder snoof.

'Straks is hij weer weg... ondergedoken.' De jonge rechercheur keek De Cock argwanend aan. 'En wat was er met jou en Angelique Sondervan vanmorgen in de Rode Leeuw?'

De Cock glimlachte.

'Ik heb je vanmorgen toch verteld, dat ik een ontmoeting had op het Damrak, maar je was zo opgewonden omdat de commissaris naar mij had gevraagd, dat je verder geen belangstelling toonde.'

'Jij hebt dus vanmorgen op het Damrak Angelique Sondervan ontmoet?'

De Cock knikte.

'Ik zag haar jagershoedje voor mij uit dansen. Daar ben ik achteraan gegaan. Omdat ik geen kans zag om haar voortdurend te volgen... en op die manier de schuilplaats van Peter van Lunteren te vinden... heb ik haar bij "de Rode Leeuw" naar binnen gedrukt en heb onder het genot van een kop koffie een praatje met haar gemaakt.'

Vledder grinnikte.

'Je zult je wel weer uiterst galant hebben gedragen,' sprak hij cynisch.

'Is dat een verwijt?' De Cock spreidde zijn handen. 'Je ziet, dat het vruchten afwerpt... Peter van Lunteren komt zichzelf melden.'

'En je liet hem weer onbekommerd gaan... zelfs zonder naar zijn schuilplaats te vragen.'

'Een comfortabele woonboot aan de Amstel.'

Vledder grijnsde.

'Hoeveel comfortabele woonboten denk je, dat er aan de Amstel liggen?'

De Cock lachte ontspannen.

'Die lasterlijke aanklacht van Chemie IJsselstein interesseert mij voorlopig minder en dat zal ik Mr. Medhuizen, onze officier, morgen wel vertellen. Ik zal hem ook zeggen, dat hij ons weer met een akelige zaak heeft opgezadeld.'

Vledder scheen niet naar hem te luisteren. De jonge rechercheur schudde nadenkend zijn hoofd.

'Ik vind toch, dat jij je ten opzichte van die Peter van Lunteren te argeloos opstelt.'

'Hoezo?'

Vledder keek hem met een ernstig gezicht aan.

'Die man zit ten aanzien van de directie van Chemie IJsselstein boordevol haatgevoelens en angst. En dat is een hele gevaarlijke combinatie.'

De Cock kneep zijn ogen half dicht.

'Jij denkt, dat een boze Peter van Lunteren vanuit zijn schuilplaats aan de Amstel stelselmatig bezig is om al de directieleden van Chemie IJsselstein en hun aanhang uit te roeien?'

Vledder strekte zijn hand naar hem uit.

'Vind je dat zo'n gekke gedachte?'

De Cock schudde traag zijn hoofd.

'Het is een mogelijkheid,' sprak hij nadenkend. 'Een mogelijkheid, die aandacht verdient.' Hij keek naar de grote klok boven de deur en zuchtte. 'Het is alweer knap laat.' Langzaam kwam hij uit zijn stoel omhoog en beende naar de kapstok. Met zijn hoedje scheef op zijn hoofd kwam hij terug. 'Ga morgen naar Westgaarde en steun mevrouw Akkerman bij de begrafenis van haar man. Noteer wie er belangstelling toont.' Hij stak gebiedend zijn wijsvinger omhoog. 'En laat onze nieuwe Golf staan, die heb ik nodig.'

Vledder keek hem verrast aan. 'Jij?'

De Cock knikte. 'Ik ga een ritje maken.'

'Waarheen?'

'Breukelen.'

Vledder fronste zijn wenkbrauwen.

'Breukelen... wat is er in Breukelen?'

De Cock grijnsde.

'Daar woont Van Abbekerken... Charles van Abbekerken.'

In de stromende regen reed De Cock opnieuw langs de Gaasp naar Weesp. De oude rechercheur kon de route zo langzamerhand wel dromen. Maar hij genoot nu niet zo als toen hij voor de eerste keer op pad ging naar Justus van Aardenburg. Het vrolijke lentebeeld ontbrak. Bovendien had hij het gevoel, dat de zaak in een stadium was gekomen, waarin hij uiterst voorzichtig diende te manoeuvreren.

Voorbij Weesp volgde hij weer de Dammerweg langs de Vecht. Het water stond hoog. De vele regen van de laatste dagen had de rivier bijna buiten zijn oevers gebracht.

Hij nam wat gas terug en vestigde zijn aandacht op het café 'de Bierhut' links van de weg, maar na een korte overweging besloot hij door te rijden.

Nederhorst den Berg maakte een trieste, bijna verlaten indruk. Het natte, gure weer hield de mensen in hun huizen.

Bij hotel-bar-restaurant 'Het Wapen van Nederhorst' bracht De Cock de Golf tot stilstand en nam de omgeving in zich op. Na enige tijd stapte hij uit, ging het restaurant binnen en zocht zich een plaatsje aan een tafeltje bij het raam.

Een kelner slofte naar hem toe en De Cock bestelde een kop koffie. Toen de kelner de bestelling bracht, keek de oude rechercheur naar hem op.

'Ik ben op zoek,' loog hij, 'naar ene Philip Achterberg, een directeur van een groot bedrijf. Volgens mijn informatie zou hij hier ergens in Nederhorst den Berg moeten wonen.'

De kelner knikte.

'Hij woont verderop... rechts van de weg, voorbij het kasteel Nederhorst.'

De Cock glimlachte dankbaar.

'Komt hij hier vrij regelmatig in de zaak?'

De kelner schudde zijn hoofd.

'Ik zie hem hier zelden. Een enkele keer komt hij weleens aan de bar om iets te drinken... meest in gezelschap van een stel andere heren.'

'Wanneer is dat voor het laatst geweest?'

De kelner dacht even na.

'Zo'n veertien dagen geleden... op een zaterdag. Ik herinner mij dat nog goed, omdat hij die dag onze laatste bezoeker was en ik nog een tijdje met hem aan de bar heb zitten praten.'

De Cock toonde belangstelling.

'Waar waren op dat moment die andere heren van zijn gezelschap?'

De kelner gebaarde naar buiten.
'Die waren al vertrokken.' Er kwam een glimlach van herinnering op het gezicht van de kelner. 'Ze kregen nog ruzie.'
De Cock fronste zijn wenkbrauwen.
'Ruzie... waarover?'
'Wie er zou gaan rijden.'
De Cock reageerde verbaasd.
'Er is toch altijd een chauffeur in hun gezelschap?'
De kelner knikte.
'Toen ook. Maar een van de heren... een nogal dikke man... wilde dat de chauffeur de sleuteltjes van de wagen aan hem gaf.'
'En?'
'De chauffeur weigerde aanvankelijk. Maar die dikke begon te schreeuwen... deed bepaald onaardig tegen die chauffeur... dreigde zelfs met ontslag.
Daarna begonnen ook de beide andere heren zich er mee te bemoeien en eisten de sleuteltjes van de wagen op.'
'Waarom?'
'Ze vonden dat de dikke te ver heen was... te dronken om nog goed te kunnen rijden.'
'Wie won?'
'Wat bedoelt u?'
'Wie bestuurde uiteindelijk de wagen?'
De kelner haalde zijn schouders op.
'Dat heb ik niet gezien. Daar heb ik niet op gelet. Ze gingen schreeuwend en scheldend de deur uit.'

14

Vledder keek hem lachend aan.
'Hoe was het in Breukelen?'
De Cock schudde zijn hoofd.
'Ik ben niet in Breukelen geweest. Zover ben ik niet gekomen.'
Vledder lachte opnieuw; een tikkeltje spottend.
'Je zou er ook niemand hebben aangetroffen. Charles van Abbeker-
ken was vanmorgen op Westgaarde bij de begrafenis van Jan Akker-
man... keurig in het zwart.'
De Cock keek naar hem op.
'Wie waren er nog meer?'
Vledder zwaaide.
'Een hele stoet. Mevrouw Akkerman was van die enorme belang-
stelling voor de begrafenis van haar man heel erg onder de indruk.'
De jonge rechercheur grinnikte. 'Ik denk, dat Charles van Abbeker-
ken al het kantoorpersoneel van Chemie IJsselstein aan de Keizers-
gracht in Amsterdam de strikte opdracht heeft gegeven om de begra-
fenis bij te wonen.'
'De andere directeuren?'
Vledder knikte.
'Herman Akersloot en Philip Achterberg waren er ook... beiden
stemmig gekleed.'
De Cock grijnsde.
'Ik ben erg benieuwd,' sprak hij spottend, 'wat Charles van Abbekerken allemaal gaat organiseren wanneer binnenkort zijn mededirecteur Justus van Aardenburg ter aarde wordt besteld. De man
schijnt een voorliefde te hebben voor spektakel.'
Vledder schoof zijn onderlip naar voren.
'Vanmorgen liet Charles van Abbekerken zich anders wel van zijn
goede kant zien,' sprak hij met enige bewondering. 'Het bleek, dat
voor de arme Jan Akkerman zelfs geen fatsoenlijke begrafenisverze-
kering was afgesloten. De kosten van de begrafenis worden nu voor
een groot deel door Chemie IJsselstein betaald en Charles van Abbekerken heeft mevrouw Akkerman toegezegd, dat hij het salaris van
chauffeur Akkerman voorlopig zal door-betalen.'
De Cock maakte een grimas. 'Bloedgeld... of behoort Charles van
Abbekerken tot het type: ruwe bolster, blanke pit?'

100

In de stem van de oude rechercheur trilde de twijfel.

Vledder keek de grijze speurder onderzoekend aan.

'Jij zou toch vanmorgen naar Breukelen rijden? Ik bedoel... wat had je in het hoofd?'

De Cock maakte een schouderbeweging.

'Ik wilde die route nog eens rijden.'

'Je bedoelt die kronkelweg langs Weesp, Nederhorst den Berg, Vreeland?'

De Cock knikte.

'Dezelfde route, die wij gistermiddag samen hebben gereden op weg naar Justus van Aardenburg in Loenen aan de Vecht.'

'Met de borrelglaasjes.'

'Precies.'

Vledder keek hem niet-begrijpend aan.

'Maar waarom?'

De Cock antwoordde niet direct. Hij bracht zijn handen naar voren, drukte de vingertoppen tegen elkaar en zocht naar een goede formulering.

'Een paar dagen geleden,' begon hij voorzichtig, 'tijdens zijn bezoek hier aan ons, gaf Herman Akersloot mij een aanwijzing... een hint. Toen ik hem bleef lastig vallen met vragen over illegale giflozingen bij Chemie IJsselstein, zei hij: u bent een scherpzinnig man, rechercheur, toch denkt u in een verkeerde richting... een richting waaraan u zich zult vastklampen, maar die tot niets leidt. Vraag eens naar de foto's van het personeelsfeestje.'

Vledder knikte.

'Dat herinner ik mij nog.'

De Cock zuchtte.

'Omdat ik geen enkel verband zag tussen de moord op Jan Akkerman en het personeelsfeestje van Chemie IJsselstein, heb ik aan die opmerking aanvankelijk geen waarde gehecht. Ik dacht ook, dat het zo'n kreet was om mij op een vals spoor te zetten. Toch bleef die opmerking van Herman Akersloot in mijn gedachten zweven en gistermorgen in "de Rode Leeuw" vertelde Angelique Sondervan mij, dat er op het personeelsfeestje foto's waren gemaakt en wel door... Jan Akkerman. Angelique zei letterlijk... hij flitste maar raak.'

De blik van Vledder verhelderde.

'Daarom bracht jij dat onderwerp ook tijdens jouw gesprek met mevrouw Akkerman ter sprake.'

De Cock knikte.

'Ik heb de stellige overtuiging, dat die foto's iets met de dood van Jan Akkerman hebben te maken. De vraag die mij bezighoudt is... hoe? Wat heeft Jan Akkerman gefotografeerd, dat voor anderen begeerlijk of gevaarlijk was?'

Vledder keek hem wat verward aan.

'Volgde je in verband met die foto's van het personeelsfeestje vanmorgen de route naar Nederhorst den Berg en Vreeland?'

In zijn stem trilde ongeloof.

De Cock schudde iets geprikkeld zijn hoofd.

'Op dat feestje,' antwoordde hij geduldig, 'zo weten we, zowel van Peter van Lunteren als van Angelique Sondervan, is niets bijzonders gebeurd... althans niets, dat direct aanleiding kon geven tot moord. Ook de opdringerige flirt van Charles van Abbekerken ten opzichte van Angelique Sondervan kan men moeilijk als een prelude tot moord beschouwen. Ik vroeg mij dus af, wat is er nadien gebeurd... dus na het feestje... iets waarbij Jan Akkerman op een of andere manier was betrokken.'

Vledder gniffelde.

'Hij bracht als een braaf chauffeur zijn koppeltje half aangeschoten directeuren naar huis.'

De Cock knikte.

'Dat deed hij ook... maar hij kwam vermoedelijk niet verder dan Nederhorst den Berg.'

Vledder keek hem verwonderd aan.

'Hoe kom je daarbij?'

De Cock zwaaide voor zich uit.

'Omdat ik vanmorgen een verrukkelijk kop koffie heb gedronken in "Het Wapen van Nederhorst" en een kelner mij vertelde, dat de heren directeuren die bewuste zaterdagavond daar nog een afzakkertje hadden genomen en nadien ruzie kregen over de vraag wie verder de Mercedes zou besturen.'

'En?'

'Wat bedoel je?'

'Wie reed?'

De oude rechercheur trok zijn schouders op en leunde achterover in zijn stoel. Daarna gebaarde hij wat vermoeid naar de telefoon.

'Bel eens met de Rijkspolitie, die opereert in de regio Nederhorst den Berg, Vreeland, Loenen aan de Vecht en Breukelen. Vraag of er zaterdag... veertien dagen geleden... 's avonds laat... of in de vroege ochtend van zaterdag op zondag... ergens op die route een melding is geweest van een ernstig verkeersongeval.'

Vledder boog zich iets voorover, zocht in de kleine adresmolen op zijn bureau naar het juiste nummer en greep de telefoon.

De Cock stond van zijn stoel op en begon nerveus en gespannen door de grote recherchekamer te stappen.

Hij hoorde Vledder praten, maar de woorden van de jonge rechercheur drongen niet tot hem door. Zijn gedachten concentreerden zich geheel op de mogelijkheden die hij nog had om de zaak volledig tot klaarheid te brengen.

Het gesprek met de kelner van 'Het Wapen van Nederhorst' had hem de overtuiging gegeven, dat hij op het goede spoor zat.

Philip Achterberg kon hij uitsluiten. Hij moest zijn aandacht uitsluitend richten op de vier mannen, die na het bezoek aan 'Het Wapen van Nederhorst' met de Mercedes waren vertrokken... ongetwijfeld in de richting van Vreeland.

Van die vier mannen was Jan Akkerman vermoord. Ook Justus van Aardenburg leefde niet meer. Er bleven dus maar twee mannen over... Herman Akersloot en Charles van Abbekerken.

Hij hoorde hoe Vledder het telefoongesprek afbrak en de hoorn op het toestel teruglegde. Langzaam slenterde hij naderbij.

Het gezicht van zijn jonge collega stond strak. Zijn handen met gespreide vingers omklemden het blad van zijn bureau. De knokkels zagen wit. 'Moord,' sprak hij toonloos.

De Cock staarde hem verbijsterd aan.

'Moord?'

Vledder knikte.

'Op zondagmorgen, rond de klok van tien uur, is op de weg naar Vreeland, nabij de brug en sluis " 't Hemeltje" in het water van de Vecht het lijk van een zestienjarig meisje aangetroffen. Een bejaarde man die in zijn tuin, grenzend aan de Vecht, ging werken, zag haar in een ondiep gedeelte liggen en waarschuwde de politie.'

De Cock boog zich naar hem toe.

'Zij bleek vermoord?'

Vledder sloot even zijn ogen.

'De Rijkspolitie noemt het moord. Reconstructie wees uit, dat ze enkele meters voorbij " 't Hemeltje" met haar bromfiets was aangereden.

Van die aanrijding zijn duidelijke sporen gevonden... zowel op de weg als aan haar bromfiets. Men moet het meisje na de aanrijding hebben opgepakt en haar met haar bromfiets over de leuning van de brug in het water van de Vecht hebben gegooid.'

De jonge rechercheur zweeg even en kauwde nerveus op zijn onderlip. 'Bij... eh, bij sectie,' ging hij hakkelend verder, 'heeft de patholoog-anatoom water in haar longen aangetroffen.'

De Cock voelde hoe het bloed in zijn aderen kookte en zijn lichaam van woede begon te trillen.

'De schoften,' siste hij van tussen zijn tanden. 'Ze leefde dus nog... en verdronk.'

De Cock liet zich in de stoel achter zijn bureau zakken. Hoewel hij iets dergelijks min of meer had verwacht, had het bericht van de dood van het meisje hem deerlijk geschokt. Hij keek op.

'Heb je alles?'

Vledder maakte een verontschuldigend gebaar.

'Ik heb van dat telefoongesprek snel een paar aantekeningen gemaakt. Maar ik sta niet in voor de volledigheid.'

De Cock knikte begrijpend.

'Heb je haar naam?'

Vledder raadpleegde zijn aantekeningen.

'Annemarie... Annemarie van Grevelingen. Ze was leerlinge op een mavo.'

'Waar woonde ze?'

'In Vreeland. Ik heb hier ook ergens haar adres genoteerd.'

De Cock staarde voor zich uit.

'De Rijkspolitie heeft bij haar onderzoek nog geen vorderingen gemaakt?'

Vledder schudde zijn hoofd.

'Men heeft aanvankelijk met man en macht aan de zaak gewerkt. Maar de inspanningen hebben tot nu toe weinig resultaat opgeleverd. Het recherchebijstandsteam is inmiddels wegens gebrek aan personeel tot twee man teruggebracht.' De jonge rechercheur ademde diep. 'Ze zullen vandaag of morgen wel bij je aankloppen. Men was erg nieuwsgierig waarom wij belangstelling voor het geval hadden.'

De Cock knikte.

'Ik vrees toch, dat ik ze niet zo erg veel zal kunnen vertellen. Uitgaande van hetgeen wij nu weten, kunnen we hooguit stellen, dat we een ernstig vermoeden hebben, dat de inzittenden van de wagen van Charles van Abbekerken bij de moord betrokken waren. Maar hoe bewijzen we dat?' De oude rechercheur trok een denkrimpel in zijn voorhoofd. 'Zijn er nog sporen gevonden van het voertuig waarmee Annemarie van Grevelingen werd aangereden?'

Vledder knikte.

'Volgens de Rijkspolitieman die mij te woord stond, worden op het gerechtelijk laboratorium kleine partikeltjes lak bewaard, die aan de bromfiets van het meisje, maar ook op de plek van de aanrijding zijn gevonden.'

De Cock grijnsde.

'Ik moet plotseling denken aan de opmerking van mevrouw Akkerman gisteren, dat Charles van Abbekerken aan hoogmoedswaanzin leed.'

De ogen van Vledder werden groot.

'Nu begrijp ik,' riep hij onthutst, 'waarom Jan Akkerman een nieuwe wagen onder zijn kont kreeg, terwijl de vorige nog nauwelijks was ingereden.' De mond van de jonge rechercheur hing half open. 'Charles van Abbekerken was helemaal niet gek. Met die vorige wagen was dat meisje aangereden.'

De Cock knikte.

'Chauffeur Jan Akkerman zal van Charles van Abbekerken uiteraard de opdracht hebben gekregen om zich van die belastende wagen te ontdoen.' De oude rechercheur zweeg even en dacht na. 'En wat Jan Akkerman met die wagen heeft gedaan is een geheim, dat hij inmiddels in zijn graf heeft meegenomen.'

Vledder keek hem verwachtingsvol aan.

'Motief voor de moord op Jan Akkerman?'

De Cock blikte terug.

'Een motief voor Charles van Abbekerken?'

Vledder knikte nadrukkelijk.

'Dat bedoel ik.' De jonge rechercheur verschoof onrustig op zijn stoel. 'We weten niet wie er op het moment dat het meisje bij die brug werd aangereden, aan het stuur van de Mercedes zat?'

De Cock schudde zijn hoofd.

'De kelner zei, dat Charles van Abbekerken... hij noemde hem een nogal dikke man... bij het vertrek uit "Het Wapen van Nederhorst" de contactsleuteltjes van de Mercedes wilde hebben. Jan Akkerman weigerde aanvankelijk die sleuteltjes te geven. Daarna eisten de twee andere heren de sleuteltjes op, omdat zij van mening waren, dat Charles van Abbekerken te ver heen was... te dronken om goed te kunnen rijden. Wie uiteindelijk de wagen bestuurde, wist de kelner niet.'

Vledder keek hem vragend aan.

'Wie denk je?'

De Cock maakte een mistroostig gebaar.

'Ik denk, dat Jan Akkerman uiteindelijk voor de autoriteit is gezwicht.'

'Je bedoelt, dat of Charles van Abbekerken of Herman Akersloot reed.'

De Cock stak waarschuwend zijn rechterwijsvinger op.

'Je vergeet, dat op dat moment ook Justus van Aardenburg nog leefde... en in de wagen zat.'

Vledder stak in wanhoop zijn armen omhoog.

'En waarom werd hij dan vermoord?'

De Cock grijnsde breed.

'Dick Vledder,' riep hij bedroefd, 'dit is een ellendige zaak.'

15

De Cock maakte een verontschuldigend gebaar.
'Ik weet... het is de laatste dagen elke avond laat geworden.' De grijze speurder wees naar de grote klok boven de deur van de recherchekamer. 'Het is nu vier uur,' stelde hij kalm vast. 'Ik wil toch nog even naar Vreeland.'
Vledder trok een vies gezicht.
'Wat wil je daar dan doen?'
'Praten... praten met de ouders van het slachtoffer... de ouders van Annemarie van Grevelingen.'
'Verwacht je daar wat van?'
De Cock tuitte zijn lippen.
'Niet veel, maar misschien zijn zij op de hoogte van details die voor ons belangrijk kunnen zijn. Bovendien ligt Vreeland op onze route.'
Vledder fronste zijn wenkbrauwen.
'Waarheen?'
De Cock glimlachte.
'Loenen... Loenen aan de Vecht. Ik heb bij de politiemensen die gisteren in Loenen de zaak van ons hebben overgenomen, eens geïnformeerd... over kogels en hulzen en wat er met het slachtoffer is gebeurd. In afwachting van de gerechtelijke sectie door onze vriend dokter Rusteloos, ligt het lijk van Justus van Aardenburg in Utrecht.'
Vledder keek hem wantrouwend aan.
'En?'
De Cock maakte een achteloos gebaar.
'Ik wil eens op mijn gemak in het buiten van Justus van Aardenburg zoeken.'
'Waarnaar?'
'De foto's van het personeelsfeestje.'
Vledder keek hem schattend aan.
'Verwacht je dat die daar zijn?'
De Cock knikte traag.
'Tenzij iemand ze reeds heeft weggehaald.'
'De moordenaar?'
'Bijvoorbeeld.'
Vledder boog zich iets naar hem toe.

'Jij denkt, dat Justus van Aardenburg omwille van de foto's van het personeelsfeestje is vermoord?'
In zijn stem trilde de twijfel.
De Cock zuchtte.
'Dat denk ik,' sprak hij gelaten en hij streek met zijn hand door zijn grijze haren. 'Ik heb er geen bewijzen voor, maar ik heb een sterk vermoeden dat Jan Akkerman die gehele tragedie in Vreeland heeft gefotografeerd.'
Vledder keek de oude rechercheur met grote ogen aan.
'Je... eh, je bedoelt,' stotterde hij geschrokken, 'dat ongeval waarbij die Annemarie van Grevelingen de dood vond?'
De Cock knikte met een ernstig gezicht.
'Dat ongeval... ja.'
Vledder slikte.
'Wat brengt je op dat idee?'
De Cock gebaarde nonchalant voor zich uit.
'Van de vier mannen in de Mercedes was hij die avond de enige man die volkomen nuchter was. De drie anderen waren min of meer aangeschoten. Jan Akkerman had op het feestje foto's gemaakt en had vrijwel zeker de camera, waarmee hij die foto's had genomen, nog bij zich in de wagen.'
Vledder grinnikte vreugdeloos.
'Maar het was donker,' riep hij uit. 'Middernacht. Als Jan Akkerman werkelijk foto's van het ongeval heeft gemaakt, dan moet hij flitslicht hebben gebruikt... dan moeten de anderen toch hebben gemerkt, dat er werd gefotografeerd?'
De Cock plukte aan zijn onderlip.
'Dat zal beslist,' reageerde hij bedaard. 'Het is alleen de vraag wanneer men zich de consequenties van het nemen van die foto's heeft gerealiseerd. Je moet bedenken, dat de anderen dronken waren en bovendien door het ongeval in een soort shock-toestand verkeerden.'
Vledder keek hem verrast aan.
'Je wilt zeggen, dat men zich pas later bewust is geworden van de gevaren, die de foto's met zich meebrachten?'
De Cock knikte.
'Vooral voor de dader of daders... de man die aan het stuur van de wagen zat... de man die het vermoedelijk toch wel ernstig gewonde meisje met haar brommer in het water van de Vecht wierp.'

Vledder greep naar zijn hoofd.

'Ik begrijp nu,' verzuchtte hij, 'waarom Jan Akkerman moest sterven. Hij vormde voor de anderen een bijna dodelijke dreiging.'

De Cock strekte zijn wijsvinger naar de jonge rechercheur uit.

'Voor welke anderen?'

Vledder telde op zijn vingers.

'Charles van Abbekerken, Herman Akersloot...' Hij stokte plotseling. Hij keek De Cock verward aan. 'Maar... maar,' hakkelde hij, 'waarom werd dan Justus van Aardenburg vermoord?'

De Cock maakte een grimas.

'Ik denk omdat men wist of vermoedde, dat hij de bewuste foto's in zijn bezit had.'

Vledder viel ontreddered in zijn stoel terug.

'Gestolen uit de woning van Jan Akkerman... de diefstal waarbij hij zijn vingerafdrukken achterliet.'

De Cock glimlachte.

'Nu zijn er globaal twee mogelijkheden... of de moordenaar heeft de bewuste foto's gevonden en meegenomen... of ze liggen nog steeds ergens in het buiten van Justus van Aardenburg.'

Vledder knikte traag.

'Daarom wil jij naar Loenen aan de Vecht.'

De Cock grinnikte.

'Inderdaad.' Hij schudde bedroefd zijn hoofd. 'Maar ik had wel een ellenlange uitleg nodig om je daarvan te overtuigen.'

Mevrouw Van Grevelingen wees naar een portretje van een vrolijke tiener in een lijstje op de schoorsteenmantel.

'Annemarie was een lief kind. Ik heb nog twee andere dochters.' Ze zuchtte diep. 'Maar dat maakt het verlies van zo'n kind toch niet goed. Vooral de manier waarop je zo'n kind kwijtraakt, vreet aan je ziel. Ze gaat zo gezond en wel de deur uit en de volgende dag vinden ze haar in het water van de Vecht... met haar brommertje. Dat had ze pas van ons gekregen... voor haar verjaardag. En ze was er zo blij mee. Vooral de afstanden naar school. Dat deed ze eerst op de fiets. Zo'n brommertje was voor haar een uitkomst.'

De Cock knikte begrijpend.

'Waar kwam Annemarie die bewuste avond vandaan?'

'Ze had opgepast bij kennissen van ons... jonge mensen met jonge kinderen. Annemarie paste vaak bij ze op. Ze deed het graag. Omgaan met kinderen... dat was haar lust en haar leven. In de regel is ze dan kort na middernacht weer thuis.

We maakten ons niet direct ongerust, maar toen ze er om één uur nog niet was, hebben we die kennissen gebeld. Die zeiden, dat Annemarie al een uur geleden was vertrokken.' Mevrouw Van Grevelingen slikte. 'We hebben dat stuk weg wel tienmaal gereden... mijn man en ik. En later nog een paar maal met die kennissen van ons. We begrepen er niets van. Maar wie denkt er nu aan, dat ze zo'n kind in het water smijten?'

Mevrouw van Grevelingen stond op en liep de kamer uit. Na enkele seconden kwam ze terug. Ze droeg een lange beige regenmantel met een capuchon.

'Gaat u mee?' vroeg ze vriendelijk.

De Cock keek haar niet-begrijpend aan.

'Waarheen?'

Over het gezicht van mevrouw Van Grevelingen gleed een glimlach. Ze maakte een hoofdbeweging naar de deur.

'Naar ons kerkhof. Ik wil u even het graf van Annemarie laten zien. We hebben er een mooie steen op laten plaatsen. Het is nu helemaal klaar.'

Vledder en De Cock stonden op en sjokten achter haar aan de straat op. Het regende nog steeds... een fijne miezerige motregen. De Cock trok de kraag van zijn regenjas omhoog en schoof zijn hoedje iets naar voren.

Mevrouw Van Grevelingen wees voor zich uit.

'Ik ga af en toe eens kijken. Ik weet dat het niets helpt, maar ik heb dan toch even het gevoel dat ik dicht bij haar ben.'

Na een paar nauwe straatjes kwamen ze aan een smalle dijk. Links was een zwart ijzeren hek met een brede beukenhaag. Mevrouw Van Grevelingen deed het hek open en liep voor hen uit over het grind. Bij een goed verzorgd graf met een bruin gepolijste steen bleef ze staan en wees.

'Daar ligt ze.'

De Cock las hardop.

'Annemarie van Grevelingen. Romeinen twaalf vers negentien: Mij komt de wraak toe. Ik zal het vergelden... spreekt de Heere.'

Mevrouw Van Grevelingen keek hem van terzijde aan.

'Het is mijn tekst. Ik mocht het van mijn man op de steen van Annemarie laten zetten. Het geeft wat vrede in mijn hart. Als het pas is gebeurd, zit je vol wrok. Dan hoop je dat de politie zo'n schoft gauw pakt... en dat hij zijn gerechte straf niet ontloopt. Maar als het wat langer duurt en je beseft, dat de politie die man vermoedelijk nooit zal vinden, dan is de gedachte, dat een mens de wraak... de vergelding aan Hem kan overlaten, een troost.'

De Cock knikte strak voor zich uit.

'Ik begrijp het,' sprak hij gedempt.

Mevrouw Van Grevelingen wees naar drie fraaie tuiltjes bloemen aan de voet van de steen.

'Alweer,' riep ze verrast.

De Cock keek haar aan.

'Wat bedoelt u... alweer?'

'Sinds Annemarie is begraven, liggen er steeds bloemen op haar graf.'

'Van wie?'

Mevrouw Van Grevelingen schudde haar hoofd.

'Dat weet ik niet. Daar ben ik nog niet achter. Toen ik hier gisteravond om vijf uur kwam, lagen er maar twee boeketjes. Nu drie. Zeker van iemand, die veel van haar heeft gehouden.'

'Had ze een vriendje?'

Mevrouw Van Grevelingen trok haar schouders op.

'Dat weet ik niet,' sprak ze zacht. 'Annemarie heeft mij er nooit iets van verteld.' Over haar lief gezicht gleed een zoete glimlach. 'Maar jonge meisjes hebben zo hun geheimen.'

Ze reden Vreeland uit en volgden de mooie weg naar Loenen aan de Vecht.

Vledder keek naar De Cock.

'Hoe vaak denk je deze route nog te rijden?'

De oude rechercheur klemde zijn lippen op elkaar.

'Zo vaak als ik denk nodig te hebben om deze zaak tot een oplossing te brengen.'

Vledder zuchtte omstandig.

'Waarom arresteren we die Charles van Abbekerken niet en stellen hem ten aanzien van de dood van dat meisje in staat van beschuldiging? Ik dacht, dat wij daarvoor toch aanwijzingen genoeg hebben?'

De Cock schudde zijn hoofd.

'Charles van Abbekerken is een sluwe man. Denk maar eens over je bewijsvoering na. Je hebt juridisch gezien geen poot om op te staan. De wagen waarmee de aanrijding plaatsvond is weg. De man die het voertuig liet verdwijnen is dood. Als Charles van Abbekerken inderdaad de man is die wij zoeken, dan is er van het ongeval bij '' 't Hemeltje" nog maar één getuige over... Herman Akersloot. En dat is een man die pas zal gaan praten als we hem onder grote druk kunnen zetten.'

'Hoe?'

De Cock trok zijn autogordel iets terug, liet zich onderuitzakken en schoof zijn oude hoedje tot op zijn ogen.

'We hebben nog maar één kans,' verzuchtte hij.

'Het vinden van de foto's van Jan Akkerman.'

Ze reden Loenen aan de Vecht binnen en De Cock drukte zich overeind. Hij gebaarde voor zich uit.

'Zet de wagen hier maar ergens in een van die straatjes neer. Het lijkt mij niet verstandig om de Golf voor het bordes van het buiten te parkeren.'

Vledder gniffelde.

'Je bent hier zeker incognito? Ik bedoel: zonder een officieel bevel tot huiszoeking.'

De Cock lachte.

'Wat moet ik met een officieel bevel tot huiszoeking? Aan wie moet ik die tonen... aan een dode Justus van Aardenburg?'

Het grind van de oprijlaan knarste onder hun voeten. De Cock liep aan de Jaguar voor het bordes voorbij naar de korte laan aan de zijkant van het buiten. Vledder stootte hem aan.

'Je denkt toch niet, dat Van Aardenburg dergelijke belangrijke foto's in zijn prieel bewaart?'

De Cock schudde zijn hoofd.

'De sloten op de deuren aan de achterzijde van een huis zijn meestal van een eenvoudiger constructie dan die aan de voorzijde.'

Hij sjokte voort. Bij de vorige bezoeken aan het buiten had de oude rechercheur goed opgelet. Voorbij de korte laan nam hij links een pad, dat naar een witgeschilderde houten trap voerde. Boven aan de trap was een deur.

De Cock nam uit zijn zak het apparaatje, dat hij eens van zijn vriend en ex-inbreker Handige Henkie had gekregen en koos met kennersblik de juiste sleutelbaard uit het koperen houdertje.

Binnen enkele seconden had hij de deur van het slot en ging naar binnen. Vledder volgde.

Via een soort serre met rieten meubelen en een weelde aan exotische planten, bereikten ze een brede gang, die naar een ruime hal voerde. Diffuus licht viel door een hoog, gebrandschilderd raam.

Vledder zwaaide breed om zich heen naar de lambrizering en de vele eikehouten deuren die op de hal uitkwamen.

'Jij mag kiezen,' fluisterde hij. 'Welke deur nemen we het eerst?'

De Cock bleef enige tijd besluiteloos staan. Hoewel hij de nodige ervaring had in het doen van onderzoeken in vreemde woningen, was het toch vaak een zaak van intuïtie... van het aanvoelen waar de bewoner de voor hem belangrijke dingen bewaarde.

'We nemen de meest rechter...' Ineens stokte de oude rechercheur. Buiten op de oprijlaan knerpte het grind.

Een wagen stopte en een portier werd dichtgeklapt.

Vledder hijgde.

'Daar komt iemand.'

De Cock knikte traag. Een moment overwoog hij om terug te gaan naar de achterzijde, naar de deur waardoor zij waren binnengekomen... maar hij besefte tegelijk, dat het daarvoor te laat was.

In de monumentale buitendeur werd een sleutel gestoken en seconden later zwaaide de deur open. Een zware, wat gezette man stapte de hal binnen, keek op en bleef daarna als versteend staan.

De Cock grijnsde breed.

'Welkom... heer Van Abbekerken.'

15

Charles van Abbekerken had zich vrij snel van de schrik hersteld. Op zijn bol, vlezig gezicht verscheen een grijns en in zijn opvallend lichtblauwe ogen lag een twinkeling.

'Wat een verrassing,' riep hij opgewekt. 'Wie had daarop kunnen rekenen... een compleet comité van ontvangst. Ongelooflijk. En dat nog wel door het puikje van onze recherche-elite.'

De Cock glimlachte. De oude rechercheur kon een dergelijke, half spottende reactie wel waarderen.

'Ook u hebt ons verrast,' sprak hij vriendelijk. 'Wij waren op uw bezoek niet voorbereid. Mogen wij de reden van uw komst vernemen?'

Charles van Abbekerken knikte.

'Ik heb over een paar dagen in Amsterdam een belangrijke vergadering,' legde hij geduldig uit. 'Tijdens de voorbereidingen bemerkte ik, dat ik voor die vergadering een paar belangrijke documenten mis... documenten, die Justus van Aardenburg onder zijn beheer had.'

Hij wuifde om zich heen. 'Justus van Aardenburg kwam vrijwel nooit op het hoofdkantoor van Chemie IJsselstein aan de Keizersgracht in Amsterdam. Ik sta hem al jaren toe om ten behoeve van onze onderneming de noodzakelijke werkzaamheden op zijn buiten in Loenen aan de Vecht te verrichten.'

Charles van Abbekerken stak gebarend de wijsvinger van zijn rechterhand omhoog. 'Echter, onder de strikte voorwaarde, dat ik te allen tijde toegang had tot zijn administratie... ook als hij met vakantie was, of anderszins afwezig.' Hij tastte in de zijzak van zijn regenjas en diepte daaruit een sleutel op. 'Vandaar, dat ik dit huis steeds vrijelijk kan betreden.' Hij zweeg even en maakte een beleefde buiging. 'Tevredengesteld, mijne heren?'

Vledder deed een stap naar voren. Het gedrag en de toon van Charles van Abbekerken ergerden hem bovenmate.

'Dit is in feite een dodenhuis,' sprak hij hoorbaar geprikkeld. 'Kon u die vergadering niet verdagen tot na de begrafenis van Van Aardenburg?'

Charles van Abbekerken reageerde heftig.

'Ik ben de leider van Chemie IJsselstein... een grote organisatie met heel veel werknemers en tal van buitenlandse verplichtingen. Ik kan de produktie van ons bedrijf toch niet laten vertragen of stopzetten omdat een of andere gek meent mensen uit mijn naaste omgeving te moeten ombrengen?'

Vledder kneep zijn lippen op elkaar.

'Ik geloof er niets van dat u hier komt op zoek naar documenten voor een vergadering. Dat is een goedkoop excuus... een uitvlucht om uw aanwezigheid hier te verklaren. Uw interesse gaat uit naar een serie foto's... foto's van de moord op een zestienjarig meisje nabij de brug en sluis " 't Hemeltje" bij Vreeland... een moord, die door uw chauffeur Jan Akkerman flitsend in beeld was gebracht.'

Charles van Abbekerken kneep zijn ogen half dicht.

'U... eh, u spreekt wartaal, jongeman. Ik weet niets van foto's en nog minder van een moord.'

Vledder wilde van geen opgeven weten. Zijn gezicht stond strak en zijn neusvleugels trilden.

'Waar is de Mercedes gebleven,' beet hij hem toe, 'waarmee dat meisje werd aangereden voordat ze met haar brommertje als oud vuil in het water van de Vecht werd gedumpt?'

Charles van Abbekerken zette zijn benen iets uit elkaar en bracht zijn handen in wanhoop omhoog.

'Ik begrijp niet waarover u spreekt?'

Vledder snoof.

'U rijdt nu in een nieuwe Mercedes. Waar is de vorige Mercedes gebleven... nog splinternieuw... nauwelijks ingereden?'

Charles van Abbekerken slikte.

'Jan Akkerman had een ongelukje met die wagen,' sprak hij aarzelend. 'Volgens mijn chauffeur was de Mercedes daarbij total loss geraakt. Als ik het goed heb begrepen, had hij ergens aan de kant van de weg een boom geraakt en was met wagen en al in een vaart gereden... een kanaal, en was het een wonder dat hij het er nog levend had afgebracht.'

De directeur maakte een verontschuldigend gebaar.

'Ik moet mobiel zijn... elk moment van de dag. Ik kan niet zonder een wagen. Ik heb onmiddellijk mijn dealer gebeld en nog dezelfde dag had ik een nieuwe Mercedes voor mijn kantoor staan. Ik zei tegen Jan Akkerman: maak een rapportje van dat ongeval voor de verzekering. Dat rapportje heb ik nooit gekregen. Iemand bracht mijn chauffeur voor eeuwig het zwijgen toe.'

Vledder grijnsde met een scheve mond.

'En dat kwam u verrekt goed uit,' siste hij.

Charles van Abbekerken keek langs een woedende Vledder heen naar De Cock.

'Laat hem ophouden,' riep hij kwaad. 'Die jongeman is buiten zinnen.'

De oude rechercheur vatte de trillende Vledder bij zijn linkerarm en probeerde hem zachtjes terug te trekken. De jonge rechercheur rukte zich wild los, deed nog een stap en boog zich naar voren.

'Moordenaar.'

Zijn stem beefde van emotie.

Charles van Abbekerken keek hem aan. In zijn blauwe ogen lag een ijzige blik.

'Er komt nog eens een dag, jongeman, dat deze kreet u zal berouwen.'

Ze reden met hun Golf uit Loenen weg. Voor de terugreis naar Amsterdam koos Vledder opnieuw de A4.

Het kon de oude rechercheur dit keer niets schelen. Hij voelde zich niet prettig. Integendeel.

De Cock had moeie voeten. Ineens waren ze er. Het was alsof geniepige kleine duiveltjes uit pure boosaardigheid met duizend scherpe spelden in zijn kuiten prikten. Hij kende de pijn, die uit de holten van zijn voeten kwam, langs zijn hielen omhoog trok en zich vastzette in zijn kuiten. De oude rechercheur wist ook drommels goed wat die pijn betekende. Telkens als de zaken slecht verliepen, als hij het machteloze gevoel had volkomen in het duister te tasten, geen enkele vooruitgang meer wist te boeken, gaven die helse duiveltjes acte de présence.

Het maakte hem wat somber.

Hij rolde zijn broekspijpen tot onder zijn knieën op en begon zachtjes te wrijven. De autogordel om zijn borst belemmerde zijn handelingen. Met een gezicht vol ergernis keek hij schuin omhoog.

'Kon je je weer eens niet beheersen?' riep hij bestraffend. 'Ik heb je nog zo gewaarschuwd! We hebben tegen Charles van Abbekerken, juridisch gezien, geen poot om op te staan.'

De Cock stopte met wrijven. 'Hebben jouw aantijgingen... jou·v grove beschuldigingen iets uitgehaald?' De grijze speurder snoof verachtelijk. 'Hoogstens een klacht ter zake belediging. Misschien een bevriend staatshoofd... maar verder kun je in ons land niet ongestraft iemand voor moordenaar uitmaken.'

Vledder staarde nukkig voor zich uit.

'Ik kon er echt niets aan doen. Het ging buiten mijzelf om. Ik had de smoor in. Die dikke vette arrogante vent...' De jonge rechercheur maakte zijn zin niet af. 'Begrijp je dan niet, dat juist hij de man is die wij moeten hebben? Na het bezoek aan "Het Wapen van Nederhorst" wilde hij die bewuste avond met zijn dronken kop zelf de Mercedes rijden. En wie zou hem er van af hebben kunnen houden... de ondergeschikte chauffeur Jan Akkerman... of een van die Zeg-eens-ja-directeuren?'

In zijn stem trilde sarcasme en hij schudde zijn hoofd. 'Vanaf "Het Wapen van Nederhorst" reed Charles van Abbekerken die macabere zaterdagavond de Mercedes, veroorzaakte de aanrijding en was... volgens mijn absolute overtuiging... ook de man die het gewonde meisje met haar brommer in het water van de Vecht wierp.'

De jonge rechercheur liet bij een wild emotioneel gebaar het stuur van de Golf even los. 'Zo'n actie... zo'n onbezonnen daad past volkomen bij die man... bij zijn temperament, bij zijn heerszuchtig tiranniek karakter.'

'En?'

'Wat bedoel je?'

'Pleegde hij ook de moorden op Jan Akkerman en Justus van Aardenburg?'

Vledder knikte nadrukkelijk.

'Dat ligt toch voor de hand? Wie had er belang bij dat de foto's van het ongeval verdwenen... althans, dat hij in het bezit kwam van de door Jan Akkerman in beeld gebrachte moord?'

De Cock knikte instemmend.

'Charles van Abbekerken,' antwoordde hij gelaten.

Vledder verminderde de snelheid van de Golf en zette de wagen op de vluchtstrook neer. Hij schakelde de motor uit en draaide zich half om.

'Ik heb er over nagedacht, De Cock,' sprak hij gejaagd. 'Je hebt zelf gezegd: Charles van Abbekerken is een sluw man. Wel, wilde hij in de toekomst verschoond blijven van beschuldigingen of chantagepogingen inzake de moord op Annemarie van Grevelingen, dan moest hij eerstens in het bezit zien te komen van de gemaakte foto's en... ten tweede zich van belastende getuigen ontdoen.'

De Cock plukte aan zijn onderlip.

'Dat klinkt redelijk.'

Vledder grijnsde.

'De eerste actie van Charles van Abbekerken was gericht op de foto's. Toen Jan Akkerman hem naar waarheid zei, dat hij de foto's niet meer in zijn bezit had, schoot hij hem neer.'

'Verder?'

'Hoe Charles van Abbekerken wist of vermoedde, dat Justus van Aardenburg de foto's bij Jan Akkerman had gestolen, weet ik niet. In ieder geval toog Charles van Abbekerken naar Loenen aan de Vecht en vermoordde Justus van Aardenburg... een tweede getuige.'

De jonge rechercheur zweeg even. Zoet grijnzend ging hij verder.

'Charles van Abbekerken behoefde in het buiten van Justus van Aardenburg niet onmiddellijk na de moord koortsachtig naar de foto's te gaan zoeken. Hij kon daar rustig mee wachten tot de kust veilig was. Hij bezat immers de sleutels van het buiten.'

De Cock keek zijn jonge collega bewonderend aan.

'Een knappe analyse,' stelde hij prijzend vast.

Vledder glunderde.

'Volgens mij loopt er nog een man groot gevaar om door Charles van Abbekerken te worden vermoord... de derde getuige.'

'Herman Akersloot.'

Een tijdlang zwegen de rechercheurs. Het verkeer op de Utrechtseweg raasde rakelings aan hen voorbij. Soms liet de luchtdruk de Golf even schommelen.

Vledder was de eerste die het zwijgen verbrak.

'Laten we teruggaan.'

De Cock keek hem verrast aan. 'Waarheen?'

'Naar Loenen aan de Vecht. We kunnen straks bij Abcoude van de snelweg af en er weer op. Binnen een paar minuten zijn we terug.'

'En dan?'

Vledder zuchtte.

'Charles van Abbekerken,' sprak hij gedwee, 'is nu in het landgoed van Justus van Aardenburg naar de foto's aan het zoeken. Mogelijk vindt hij ze. Hij heeft er alle tijd en gelegenheid voor.' De jonge rechercheur glimlachte. 'We blijven buiten op hem wachten en voor hij in zijn Mercedes stapt, arresteren we hem... met de foto's in zijn bezit.'

De Cock schudde zijn hoofd.

'Dat gaat niet op.'

Op het gezicht van Vledder kwam een trek van verbazing.

'Waarom niet?'

De Cock grijnsde.

'Zolang onze Nederlandse rechters nog luisteren naar het onzinnige begrip "onrechtmatig verkregen bewijs" en op basis daarvan misdadigers ongestraft laten, ga ik uiterst omzichtig te werk. Ik voel er niets voor om door een handige advocaat achter mijn rug te worden uitgelachen.' De oude rechercheur ademde diep. 'Om te weten te komen of Charles van Abbekerken in het bezit is van de foto's van de moord op Annemarie van Grevelingen zouden we hem moeten fouilleren... en dat fouilleren kan alleen nadat wij hem hebben gearresteerd... en voor zo'n arrestatie ontbreken tot nu de wettelijke gronden.'

Vledder wendde zich teleurgesteld van hem af en startte de motor.

Amsterdam was gewikkeld in sluiers. In plaats van de miezerige regen in de vooravond, was een dichte mist de stad binnengeslopen en had alles ingepakt. Voorzichtig, turend in een grijze muur, zocht Vledder een weg voor de politiewagen in deze begrensde wereld.

De Cock zat lui, onderuitgezakt, naast hem en overdacht de theorie die zijn jonge collega hem had ontvouwd. Verstandelijk had hij tegen de theorie geen verweer, maar gevoelsmatig waren er onberedeneerde bezwaren en twijfels.

Voorzichtig manoeuvrerend had Vledder de steiger achter het bureau bereikt en vond er een plekje om te parkeren.

Ze stapten uit en slenterden naar de Warmoesstraat.

Toen ze de hal van het politiebureau binnenstapten, kwam Jan Kusters haastig van achter zijn bureau vandaan en liep met licht gebogen hoofd om de balie heen naar hen toe. De wachtcommandant leek deerlijk aangeslagen.

'Wat hebben jullie uitgespookt?' vroeg hij angstig, gedempt.

'Commissaris Buitendam is boven. Hij kwam een halfuurtje geleden met een gezicht als een donderwolk het bureau hier binnenstappen en vroeg waar jullie waren. Ik zei hem, dat ik dat niet wist. Toen zei hij, dat ik hem onmiddellijk moest bellen wanneer jullie binnenkwamen.'

De Cock keek hem onnozel aan.

'Bel hem.'

Jan Kusters liep terug naar zijn bureau en belde. Na een paar seconden legde hij de hoorn op het toestel terug en wees naar boven.

'Jullie worden op zijn kamer verwacht.'

Commissaris Buitendam zat als een vertoornde vader achter zijn immens grote bureau. Zijn gezicht zag bleek en zijn neusvleugels trilden.

'Waar waren jullie vanavond?' opende hij streng.

De Cock keek hem niet-begrijpend aan.

'Op onderzoek,' antwoordde hij ontwijkend. 'Zoals rechercheurs dat plegen te doen.'

Commissaris Buitendam zwaaide met een slanke hand.

'Ik ben vanavond thuis vanuit Breukelen gebeld door Charles... Charles van Abbekerken... een zeer belangrijk man bij Chemie IJsselstein.' Buitendam pauzeerde even en slikte. 'Een zeer belangrijk man in onze gehele Nederlandse industriële wereld.'

De Cock trok zijn schouders iets op.

'Ik ben niet onder de indruk.'

Commissaris Buitendam negeerde de opmerking.

'De heer Van Abbekerken,' ging hij op strenge toon verder, 'was uiterst ontstemd. Hij is van plan om een schriftelijke klacht tegen jullie beiden in te dienen bij mr. Medhuizen, onze officier van justitie, die hij persoonlijk heel goed kent.'

De Cock gniffelde.

'Leuk als je goede kennissen hebt.'

Commissaris Buitendam keek hem woedend aan. Hoog op zijn wangen verschenen kleine blosjes.

'Het schijnt,' sprak hij met geaffecteerde stem, 'dat jullie beiden ergens in Loenen aan de Vecht op een onrechtmatige wijze een landgoed zijn binnengedrongen en dat daar... De Cock, de onder jouw hoede staande Vledder... een reeks ongefundeerde en ongemotiveerde beschuldigingen heeft geuit en de heer Charles van Abbekerken onterecht voor moordenaar heeft uitgekreten.'

De Cock lachte.

'Wat een taalgebruik,' riep hij spottend. 'Is dat van u... of heeft de heer Van Abbekerken u deze volzinnen ingefluisterd?'

De commissaris brieste.

120

'Ik geef slechts weer wat de heer Van Abbekerken mij heeft gezegd en wat de basis zal zijn van zijn schriftelijke klacht bij justitie.'

De Cock hief zijn armen ten hemel.

'On-gefundeerd... on-gemotiveerd... on-terecht.' De oude rechercheur grinnikte. 'Als hij dat *on* even weglaat, dan komen we veel dichter bij de waarheid. Ziet u, de door mijn jonge collega Vledder geuite beschuldigingen waren niet ongefundeerd... niet ongemotiveerd en zeker niet onterecht.' Hij zweeg even voor het effect. 'Charles van Abbekerken is een moordenaar.'

16

Toen rechercheur De Cock de volgende morgen monter en vals fluitend de grote recherchekamer binnenstapte en zijn oude hoedje trefzeker op de haak wierp, trof hij Vledder gewoontegetrouw achter zijn elektronische schrijfmachine.

De jonge rechercheur liet zijn dansende vingers even rusten en blikte met enige verbazing naar de grote klok boven de deur.

'Je bent aardig op tijd,' stelde hij genoeglijk vast. 'Ga je je leven beteren?'

De grijze speurder liet zich in de stoel achter zijn bureau zakken en schudde zijn hoofd.

'Maak je geen zorgen,' sprak hij achteloos. 'Dit is geen garantie voor de toekomst.'

Vledder keek hem vriendelijk aan.

'Ik ben je nog dankbaar voor gisteravond,' sprak hij warm. 'Toen commissaris Buitendam mij over die affaire in Loenen aanviel, nam je het heel goed voor mij op. Ik was daar erg blij mee.'

De Cock glimlachte.

'Dat zal ik altijd doen, Dick Vledder. Daar heb je van mijn kant recht op. Hoe vaak heb ik jou niet in haast onmogelijke situaties gebracht?'

Vledder maakte een grimas.

'Ik begrijp nu zo ongeveer hoe die ruzies tussen jou en de commissaris steeds verlopen. Die man stelt zich veel te star op.'

De Cock knikte.

'Dat doen wij allen op z'n tijd,' sprak hij vergoelijkend. 'En, och, misschien maak ik het er weleens een beetje naar.'

'Je bedoelt, dat je het uitlokt?'

De Cock staarde even voor zich uit.

'Ik appelleer aan een kwaal van vermoedelijk heel veel chefs bij onze politie… Commissaris Buitendam wordt onzeker zo gauw hij meent dat zijn autoriteit wordt aangetast. Dan wil hij je onmiddellijk uit zijn omgeving kwijt.'

Vledder grinnikte.

'En stuurt hij je zijn kamer af… zoals ons beiden gisteravond.'

De Cock lachte.

'Ik ben blij dat jij het ook eens meemaakte.'

Vledder trok een bedenkelijk gezicht.

'Zouden we nog kwaad kunnen met die klacht van Charles van Abbekerken?'

De Cock trok zijn schouders iets op.

'Het is nog maar de vraag of Charles van Abbekerken er werkelijk toe over zal gaan om tegen ons bij justitie een officiële schriftelijke klacht in te dienen.'

Vledder fronste zijn wenkbrauwen.

'Waarom niet?'

De Cock gebaarde in zijn richting.

'Uit jouw woorden zal hij hebben begrepen, dat wij hem wel degelijk verdenken. Maar hij tast uiteraard volkomen in het ongewisse hoeveel ons onderzoek tot nu toe heeft opgeleverd. En ik waag te betwijfelen of hij daarvan openbaarheid wenst.'

Vledder keek hem vragend aan.

'Dat begrijp ik niet.'

De Cock tikte met een wijsvinger op zijn bureau.

'Als Charles van Abbekerken ons aanvalt, dan hebben wij uiteraard het recht om ons te verdedigen en om uit te leggen hoe en waarom uit jouw gekweld gemoed de de kreet "moordenaar" kwam.'

Vledder grinnikte.

'Op dergelijke momenten, De Cock,' sprak hij bewonderend, 'ben je geweldig. Die klacht lag toch wel een beetje zwaar op mijn maag. Ik heb er de hele nacht niet goed van kunnen slapen. Ik vond toch ook, dat ik mij te veel had laten gaan.'

De Cock grijnsde.

'Het is de kracht van sluwe mensen, dat ze bijna nooit hun geduld verliezen en er op rekenen en hopen, dat een ander dat wel doet.'

Vledder trok een denkrimpel in zijn voorhoofd.

'Zou Charles van Abbekerken gisteravond in het buiten van Justus van Aardenburg de bewuste foto's hebben gevonden?'

De Cock krabde zich achter de oren.

'Als Justus van Aardenburg de foto's van de moord werkelijk in zijn bezit had en ze niet slim genoeg had opgeborgen... dan bestaat de mogelijkheid, dat Charles van Abbekerken ze nu tijdens het ontbijt rustig zit te bekijken.'

Vledder trok een somber gezicht.

'Ik ben niet blij met die gedachte.'

De Cock schudde traag zijn hoofd.

'Ik ook niet.'

De jonge rechercheur keek vragend naar hem op. 'En verder?'

'Wat bedoel je?'

'Met ons onderzoek?'

De vriendelijke accolades rond de mond van de grijze speurder plooiden zich tot een milde glimlach.

'Als jouw theorie juist is, dan dienen wij nu Herman Akersloot te waarschuwen, dat voor zijn leven kan worden gevreesd.'

De telefoon op het bureau van De Cock rinkelde.

Vledder boog zich iets naar voren en greep de hoorn van de haak.

De Cock monsterde zijn gezicht. Hij wist door de jaren heen hoe zijn jonge collega reageerde.

Het gezicht van Vledder veranderde van rood naar wit in asgrauw.

Met een blik van verbijstering legde de jonge rechercheur de hoorn op het toestel terug.

De Cock keek hem gespannen aan.

'Wat is er?'

Vledder slikte.

'Charles van Abbekerken.'

'Wat?'

Vledder bracht zijn beide handpalmen tegen zijn voorhoofd.

'Vermoord.'

De Cock stond van achter zijn bureau op en waggelde in zijn zo typische slentergang naar de kapstok. Hij wurmde zich in zijn regenjas en schoof zijn oude hoedje op zijn hoofd. Zijn gezicht stond somber.

Vledder kwam bij hem staan. 'Waar ga je heen?'

'Naar Vreeland.'

De jonge rechercheur keek naar hem op.

'Zal ik meegaan?'

De Cock schudde langzaam zijn hoofd. Hij wees naar de elektronische schrijfmachine op het bureau van Vledder.

'Maak jij die papierwinkel maar verder af. Verbaliseer maar alles wat wij tot nu toe te weten zijn gekomen.'

Hij glimlachte vermoeid. 'Ik denk, dat ik dit beter alleen af kan.'

Vledder keek De Cock met gemengde gevoelens na toen deze de recherchekamer af stapte.

De Cock reed met de nieuwe Golf opnieuw langs de Gaasp. Hij

vroeg zich af of hij deze route ooit nog eens zou rijden als deze zaak ten einde was.

Hij keek om zich heen naar de bomen aan de kant van de weg, naar de jonge lammeren in de wei en dacht aan zijn eerste rit langs de Gaasp in deze moordaffaire.

Het prille, lichte, onvermoeide groen was in enkele dagen al iets verschoven naar het blauw en het weer had zich wat beter bij het Hollandse landschap aangepast, druilerig bewolkt met zo nu en dan een bui.

Midden in Nederhorst den Berg overdacht hij om voor een verrukkelijk kop koffie dat daar werd geserveerd aan te wippen bij 'Het Wapen van Nederhorst' en nog eens een praatje te maken met de kelner over het individuele gedrag van de dronken directeuren, die bewuste zaterdagavond, maar na ampele overwegingen besloot hij toch om door te rijden.

In Vreeland stapte hij het propere huisje van mevrouw Van Grevelingen binnen en sprak urenlang met haar over haar dochter Annemarie... de vriendinnen die ze had... haar mogelijke vriendjes... en de mavo waar ze haar lessen had gevolgd.

Met zijn handen diep in de zakken van zijn regenjas gestoken, zijn kraag hoog opgetrokken en zijn oude hoedje voor de regen ver naar voren geschoven, sjokte hij die dag alles af... vriendinnen, vriendjes, leraren van de school.

Toen hij naar zijn idee voldoende wist, slenterde hij door de nauwe straatjes van Vreeland naar de smalle dijk, opende het zwarte ijzeren hek van de kleine begraafplaats en zocht zich een beschut plekje bij de beukenhaag en het kleine stenen huisje.

Het begon langzaam donker te worden. Het regende niet meer. Zo nu en dan schemerde de maan door het grauwe wolkendek en wierp de schaduw van een molen met een hoog opstaande wiek over de stille graven.

Het werd steeds donkerder en De Cock begon zich al af te vragen of zijn missie die dag nog wel zou slagen, toen het knerpen van het roestige ijzeren hek, gevolgd door voetstappen in het grind, zijn oren deed spitsen. Het was te donker om alles te kunnen onderscheiden, maar de voetstappen kwamen steeds nader.

Daarna verstomde het geluid.

Gespannen vroeg de oude rechercheur zich af op welk moment hij het best zou kunnen toeslaan.

Toen de maan weer even doorbrak zag hij een lange statige mannen-gestalte bij het graf van Annemarie van Grevelingen staan. Het zilvergrijs aan de slapen van de man glansde in het maanlicht.

De gestalte bukte zich diep, legde iets neer en kwam weer overeind. Licht gebogen, en met ontbloot hoofd, bleef de man staan.

Voorzichtig, het grind zoveel mogelijk vermijdend om geen geluid te maken, sloop De Cock dichterbij. Toen hij de man op enkele meters was genaderd, herkende hij gezicht en gestalte.

De lange statige man was zo in gedachten verdiept, dat hij het naderen van De Cock niet opmerkte. Pas op het moment dat de oude rechercheur pal naast hem stond, blikte hij geschrokken opzij.

De Cock glimlachte fijntjes.

'Gewetenswroeging... heer Akersloot?'

In de grote recherchekamer aan de Warmoesstraat overzag De Cock zijn hulptroepen. Hij had buiten Vledder weer een beroep kunnen doen op de bonkige Fred Prins en de volle, bijna ronde Appie Keizer. Zij waren door de jaren heen zijn trouwe paladijnen geworden.

Eenzaam, wat verloren, zat uiterst links in de hoek van de recherchekamer de statige, aristocratische Herman Akersloot. In zijn donker-groene loden mantel, waaronder een dik kogelvrij vest, zag hij er vreemd, opgevuld uit.

De Cock stond op en liep op hem toe. Daarna schoof hij een stoel bij en ging naast hem zitten. Als een soort samenzweerder boog hij zich naar zijn oor.

'Hebt u hem geschreven,' fluisterde hij, 'zoals ik u heb gezegd?'

'Ja, dezelfde tekst.'

'En?'

'Hij heeft mij vanmiddag gebeld en toegezegd, dat hij naar de strek-dam zou komen om met mij over het bedrag te onderhandelen.'

'Om elf uur?'

Herman Akersloot knikte.

'Dat tijdstip heeft hij tijdens ons telefoongesprek vanmiddag nog herhaald.'

De Cock keek hem goedkeurend aan en veranderde van toon.

'Nog steeds bereid om mee te doen?' vroeg hij met enige bezorgd-heid.

Herman Akersloot trok achteloos zijn schouders op.

'Beschouw het als een boetedoening.'

'Waarvoor?'

Herman Akersloot zuchtte.

'Ik heb mij al die tijd steeds verweten dat ik niets heb gedaan... dat ik als verdoofd heb toegezien hoe Charles van Abbekerken dat gewonde meisje van de weg oppakte en in het water van de Vecht wierp. Dat beeld heeft mij nooit meer losgelaten.'

De Cock knikte begrijpend.

'Bracht u daarom bloemen naar haar graf?'

Het bleke gezicht van Herman Akersloot stond strak.

'Ik woon in Vreeland,' antwoordde hij met zachte stem. 'Al vele jaren. Ik kende Annemarie... Annemarie van Grevelingen... van gezicht. Zoals wij elkaar in Vreeland allen kennen. Elke dag liet ik mij door een bloemist een fraai boeketje bloemen bezorgen. Dat boeketje bracht ik haar dan 's avonds in alle stilte... en vroeg haar om vergeving voor mijn laf gedrag.' Hij schudde zuchtend zijn hoofd. 'Ik heb nooit gedacht, dat de kennis en macht van een simpele Amsterdamse rechercheur zover zou reiken, dat hij mij daarbij in Vreeland zou betrappen.'

De Cock schonk hem een milde glimlach.

'In mijzelf steekt iets van een sentimentele dwaas... misschien dat ik daarom ook iets van de gevoelens en sentimenten van anderen begrijp. Dat is mogelijk een verklaring voor het gedrag van een simpele Amsterdamse rechercheur.' De grijze speurder blikte op zijn horloge en stond op. 'Het wordt tijd dat we onze posten gaan betrekken.'

De Cock zat onder het niveau van de kademuur gehurkt achter een grote meerpaal. In de verte, over het water van het IJ twinkelden de lichtjes. Op het Stenenhoofd was het donker en stil. De geluiden van de binnenstad drongen slechts vaag tot hem door.

Wanneer hij zich even oprichtte, had De Cock vanaf de plek waar hij zat, een redelijk uitzicht over de kop. Aan de andere kant van de strekdam wist hij Fred Prins in een soortgelijke positie als de zijne en Appie Keizer waggelde als een onnozel dronken mannetje spiedend bij het ijzeren hek dat de strekdam afsloot.

Midden op de kop van de dam stond Herman Akersloot in zijn donkergroene loden mantel. Zijn silhouet tekende zich scherp af tegen een lichtende hemel. Zo nu en dan liep hij onrustig heen en weer.

De situatie deed De Cock sterk denken aan een avontuur uit een nog niet zo ver verleden, toen op diezelfde kop van de strekdam ene Ronald Kruisberg nerveus en gespannen rondliep.[*]

De grijze speurder had als lokatie opnieuw voor het oude Stenen-hoofd gekozen... een strekdam in het IJ, waaraan in vroeger jaren bevriende buitenlandse oorlogsbodems afmeerden en door het grote publiek bezichtigd konden worden.

Hij had de keuze niet uit nostalgische overwegingen gemaakt, maar hij kende in de binnenstad van Amsterdam geen andere plek waar hij en zijn mannen meer kansen hadden dan de moordenaar. Bovendien lag de oude strekdam zo stil, afgelegen en verlaten, dat bij een mogelijke schietpartij geen onschuldige burgers konden worden getroffen.

De Cock keek op zijn polshorloge. De even oplichtende cijfertjes vertelden hem dat het bijna elf uur was.

Hij vroeg zich af vanwaar de moordenaar zou komen. Veel mogelijkheden bood de strekdam niet. Als hij niet op een of andere manier van over het water kwam, dan moest hij door het ijzeren hek.

Hij voelde hoe de spanning in zijn lichaam toenam... hoe het tempo van zijn hartslag sterk opliep en de gevoelige uiteinden van de zenuwen in zijn vingertoppen tintelden.

De mobilofoon in zijn binnenzak kraakte. Hij drukte de knop in en herkende de stem van Appie Keizer.

'Hij komt.'

De oude rechercheur richtte zich iets op.

Nauwelijks zichtbaar naderde in de schaduw van een loods de gestalte van een man. Vanuit de schaduw liep de man met een pistool in zijn hand op de weerloze Herman Akersloot toe en schoot driemaal.

Wat verder gebeurde speelde zich als een vertraagde film voor hem af. Zoals afgesproken liet Herman Akersloot zich als getroffen op de grond vallen.

De gestalte vluchtte weg.

Vanuit zijn schuilplaats sprong Fred Prins naar voren. Hij had zijn dienstpistool in de hand. Kort achter elkaar klonken nog eens twee schoten.

De Cock sprong achter de meerpaal vandaan en rende naar voren. De vluchtende gestalte wierp het pistool van zich weg en viel enkele

* zie De Cock en moord op de Bloedberg

128

meters verder getroffen neer. Het wapen rolde voor de voeten van De Cock. De grijze speurder raapte het snel op en stak het in een zijzak van zijn regenjas.

Vledder had zich al over de getroffen man gebogen. Met een gezicht vol verbazing keek hij omhoog naar De Cock.

Zijn stem trilde.

'Het is Philip... Philip Achterberg.'

16

Er werd gebeld.

De Cock en zijn vrouw liepen samen naar de deur van hun woning. Op de stoep stond Fred Prins. Hij zag wat bleek en zijn linkerarm hing in een mitella.

'Kom binnen,' riep De Cock hartelijk. 'Mijn vrouw en ik zijn blij dat je ondanks je verwonding toch hebt willen komen.'

Fred Prins grijnsde breed en hield zijn linkerarm in de mitella iets omhoog.

'Ik heb er eerst niets van gemerkt. Pas toen ik naar huis reed, ontdekte ik, dat van onder de mouw van mijn colbert bloed op mijn linkerhand kroop.

Ann, mijn Ierse vrouw, schrok geweldig toen ik thuiskwam. Ze zei onmiddellijk: "I know, that dangerous old man again".'

De Cock lachte hartelijk.

'En ze bedoelde mij?'

Fred Prins knikte.

'Wie anders?'

De Cock wees naar de arm in de mitella.

'Is het ernstig?'

Fred Prins schudde zijn hoofd.

'Niet meer dan een vleeswond. Toen die Philip Achterberg op mij schoot, liet ik mij vallen en al vallende schoot ik op hem. Ik weet echt niet waar ik hem heb geraakt.'

De Cock en zijn vrouw gingen Fred Prins voor naar hun gezellige woonkamer en lieten hem zorgzaam in een ruime leren fauteuil plaatsnemen.

Er werd opnieuw gebeld.

Langzaam vulde de kamer zich met gasten... Appie Keizer, Peter van Lunteren en de mooie Angelique Sondervan.

Als laatste kwam Vledder. Hij had voor mevrouw De Cock een fraai boeket rode rozen meegenomen. De jonge rechercheur overhandigde het haar charmant en met enige flair. Hij gebaarde weids in de richting van De Cock: 'Om het met zo'n man jarenlang uit te houden... zo is mijn ervaring... is zo nu en dan een eerbetoon op zijn plaats.'

Ineens staarde hij verbaasd naar Peter van Lunteren en Angelique

Sondervan, die dicht naast elkaar op de bank zaten. Hij keek van hen naar De Cock.

'Hoe... eh, hoe komen die hier?'

De grijze speurder gebaarde naar Angelique Sondervan.

'Zoals ik met haar in "de Rode Leeuw" had afgesproken, heeft ze mij gebeld en toen heb ik haar en Peter van Lunteren uitgenodigd.'

Fred Prins boog zich naar voren.

'Wat is dit voor spel?' Hij hield zijn gewonde arm omhoog. 'Waar heb ik dit aan te danken?'

De Cock stak afwerend zijn hand op.

'Laten we onze tradities in ere houden.' Hij pakte een fles verrukkelijke cognac Napoléon en schonk een reeks diepbolle glazen in. Daarna deelde hij de glazen rond, bleef in de kring staan en bracht een toost uit.

'Op de gerechtigheid, de rechtvaardigheid... van wie... vanwaar ze ook moge komen.'

Allen nipten aan hun cognac.

De Cock nam plaats en zette het glas naast zich neer.

'Dit is,' zo opende hij, 'een afschuwelijke geschiedenis. Toch zou ik willen beginnen, zoals een sprookje begint: er was eens.' Hij zweeg even en vervolgde. 'Er was eens een tirannieke directeur van een groot bedrijf. De directeur heette Charles van Abbekerken en het bedrijf Chemie IJsselstein.

De directeur had drie onderdirecteuren... de intelligente Justus van Aardenburg, de zachtmoedige Herman Akersloot en de jonge, knappe, ambitieuze Philip Achterberg. En er was nog een chauffeur, het factotum van het bedrijf... Jan Akkerman.

'Philip Achterberg droomde ervan om eens de positie van Charles van Abbekerken over te nemen. Om goed geïnformeerd te zijn omtrent alles wat er in het bedrijf gebeurde, sloot hij een soort verbond met Jan Akkerman, aan wie ook werkelijk niets ontging.

'Ik noem dit verbond met nadruk, omdat ik het niet onderkennen daarvan beschouw als een van mijn grootste recherche-missers van de laatste jaren.

Een paar weken geleden organiseerde Chemie IJsselstein voor zijn werknemers een personeelsfeest. Jan Akkerman maakte foto's en Charles van Abbekerken en zijn mededirecteuren werden dronken.

'Van Aardenburg, Akersloot en Achterberg beseften het gevaar van hun alcoholgebruik en lieten na afloop van het feestje hun wagen staan. Ze stapten bij Van Abbekerken in de Mercedes, die door Jan Akkerman werd bestuurd.'

De Cock nam nog een slok van zijn cognac en keek glimlachend in de richting van Vledder.

'We volgen nog even de route... Achterberg woonde in Nederhorst den Berg, Akersloot in Vreeland, Van Aardenburg in Loenen aan de Vecht en Van Abbekerken in Breukelen.

'In Nederhorst den Berg stopte het gezelschap bij "Het Wapen van Nederhorst" en gebruikte daar nog wat. Philip Achterberg bleef in "Het Wapen van Nederhorst" achter en maakte nog een praatje met de kelner.

Na ruzie en wat geharrewar over de autosleuteltjes verlieten de overige directieleden en Jan Akkerman het etablissement.

'We weten nu, achteraf, dat vanaf "Het Wapen van Nederhorst" niet Jan Akkerman aan het stuur van de Mercedes zat, maar Charles van Abbekerken. Kort voor Vreeland, bij de brug en sluis " 't Hemeltje" schept Charles van Abbekerken met zijn Mercedes een meisje op een bromfiets. Ze bleef zwaargewond op de weg liggen. Van Abbekerken was woest. Hij kwam wild zijn wagen uit, pakte het gewonde meisje op en wierp haar over de leuning van de brug in het water van de Vecht. De bromfiets smeet hij haar na.

'Hoewel de andere directeuren de gebeurtenis van nabij volgden, greep niemand in... niemand durfde zich tegen het gedrag van Van Abbekerken te verzetten... niemand toonde daartoe de moed.

'Alleen Jan Akkerman... de chauffeur. Hij verzette zich niet, maar pakte wel uit de wagen het fototoestel, waarmee hij het feestje had vastgelegd, en flitste de moord in beeld.

'Over waarom Jan Akkerman de foto's maakte, tasten wij volkomen in het duister. Mogelijk was het een schrikreactie... een schrikreactie om zich te beschermen... te beschermen tegen mogelijke latere beschuldigingen. Hij was immers de officiële chauffeur van de wagen?

'Eerst later zal hij hebben beseft welk een machtsmiddel hij door de foto's in handen had. Dat is vermoedelijk ook de reden, waarom hij de film niet, zoals gebruikelijk, bij een normale ontwikkelcentrale aanbood, maar foto- en ontwikkelapparatuur kocht om zelf de bewuste film te kunnen behandelen.'

De Cock pauzeerde even en ademde diep.

'Dan wordt Jan Akkerman vermoord en ik bega de grootste denkfout van mijn leven... ik sluit Philip Achterberg als dader uit.

'Waarom? Wel, hij was er niet bij. Hij was geen getuige van het ongeval bij de brug en sluis " 't Hemeltje". Hij wist niet dat Charles van Abbekerken daar in feite een kind had vermoord.'

Peter van Lunteren boog zich naar voren.

'Philip Achterberg wist het wel?' vroeg hij toonloos.

De Cock knikte.

'Jan Akkerman kende de ambities van Philip Achterberg en wist dat de jonge directeur wachtte op een middel... een mogelijkheid om Charles van Abbekerken van zijn troon te stoten.

'Toen de chauffeur de zaak had overdacht en besefte dat hij plotseling een mogelijkheid in handen had om uit zijn eigen benarde financiële positie te geraken... een positie veroorzaakt door de gokverslaving van zijn vrouw... besloot hij de foto's te gelde te maken en hij belde Philip Achterberg.'

Vledder hijgde. 'Het begin van het drama.'

De Cock schudde zijn hoofd.

'Het begin van het drama had zich al in Vreeland afgespeeld.'

De oude rechercheur pauzeerde weer even en keek het gezelschap rond. 'Ik heb vanmorgen,' ging hij verder, 'in het Zuiderkruisziekenhuis Philip Achterberg verhoord. Hij ligt daar onder bewaking met een kogel in zijn linkerlong. Philip Achterberg heeft een volledige bekentenis afgelegd.'

Vledder zwaaide om aandacht.

'Waarom vermoordde hij Jan Akkerman?'

De Cock zuchtte.

'Omdat hij dacht, dat Jan Akkerman hem bedroog. Toen Philip Achterberg, na afspraak, in de Scheevenaarstraat om de foto's en de film kwam, vertelde de chauffeur hem... overigens naar waarheid... dat de foto's en de film uit zijn woning waren gestolen. Philip Achterberg geloofde dat niet. Hij dacht dat Jan Akkerman bij een andere directeur een hogere prijs voor de foto's had bedongen en vuurde uit woede drie kogels op hem af.'

Vledder bracht zijn beide handen naar voren.

'En Justus van Aardenburg?'

De Cock maakte een grimas.

'Dat was min of meer Justus van Aardenburg zijn eigen schuld. Toen hij die foto's in de woning van Jan Akkerman had gevonden, belde hij Herman Akersloot.

'Ik zei al: Herman Akersloot is een zachtmoedig man. Hij voelde niets voor een directe actie. Hij raadde Justus van Aardenburg aan om de foto's voorlopig rustig in zijn kluis te bewaren tot er een gunstig tijdstip kwam om er gepast gebruik van te maken.'

Fred Prins grinnikte.

'Dat was niet zachtmoedig, maar uiterst bedachtzaam.'

De Cock negeerde de opmerking.

'Toen belde Van Aardenburg Philip Achterberg.'

Vledder knikte voor zich uit.

'Het werd zijn dood.'

De Cock wreef zich achter in zijn nek. De lange uiteenzetting had hem vermoeid.

'Ik vroeg Philip Achterberg vanmorgen,' ging hij loom verder, 'waarom hij uiteindelijk in Breukelen ook Charles van Abbekerken had vermoord. Hij zei toen letterlijk tegen mij: "Het kon mij niets meer schelen. Om Charles van Abbekerken te vernietigen door middel van de foto's van het ongeval in Vreeland, had ik inmiddels al twee moorden gepleegd en was nog tot geen enkel resultaat gekomen. De enige mogelijkheid die ik nog zag om mijn doel te bereiken, was... hem zonder omwegen rechtstreeks te vernietigen... te doden. En vreemd genoeg... voel ik ten aanzien van hem geen enkel berouw of spijt".'

Fred Prins trok zijn aandacht.

'Hoe kreeg je Philip Achterberg zover, dat hij naar het Stenenhoofd kwam?'

De Cock glimlachte.

'Ik vond Herman Akersloot bereid om Philip Achterberg een brief te schrijven. In die brief stelde Herman Akersloot, dat hij alles wist... van de foto's en de moorden op Jan Akkerman, Justus van Aardenburg en Charles van Abbekerken.

'Ik liet Herman Akersloot schrijven, dat hij van Philip Achterberg het volledige gezag over Chemie IJsselstein opeiste, alsmede alle aandelen die Philip Achterberg in de onderneming bezat. Over een en ander wenste hij met hem te onderhandelen op de kop van het Stenenhoofd in Amsterdam.'

Vledder grijnsde.

'Een regelrechte uitlokking tot moord.'

De Cock streek met zijn pink over de rug van zijn neus.

'Maar geen onrechtmatige daad... geen onrechtmatig verkregen bewijs. Herman Akersloot handelde uit eigen vrije wil. Ik heb hem tot niets gedwongen.'

De oude rechercheur draaide zich half om en wendde zich tot Peter van Lunteren. 'Ik heb voor jou nog een prettige mededeling. Herman Akersloot, de nieuwe bewindvoerder van Chemie IJsselstein, heeft de lasterlijke aanklacht tegen jou bij justitie ingetrokken. En hij wil met jou een dezer dagen serieuze onderhandelingen plegen over een toezichthoudende functie bij zijn eigen AVM-Akersloot, een afvalverwerkingsmaatschappij.'

Peter van Lunteren keek hem glunderend aan.

'Hebt u dat bekokstoofd.'

De Cock glimlachte fijntjes.

'Be-kok-stoofd is in dit verband een lelijk woord. Laten we het er op houden, dat de heer Akersloot zelf spontaan op dat idee is gekomen.'

De grijze speurder ging zitten, leunde behaaglijk achterover in zijn leren fauteuil, dronk tevreden zijn glas leeg en schonk zich nog eens in.

Mevrouw De Cock kwam vanuit de keuken met schalen vol lekkernijen. De afschuwelijke moordenreeks binnen de boezem van Chemie IJsselstein raakte op de achtergrond en de gesprekken werden wat algemener.

Het was al vrij laat toen alle gasten afscheid hadden genomen. Mevrouw De Cock schoof een poef bij en ging voor haar man in zijn fauteuil zitten.

'Je was vanavond nogal openhartig in het toegeven van je fouten,' sprak ze liefjes.

De Cock maakte een schouderbeweging.

'Waarom niet,' sprak hij achteloos. 'Zulke dingen gebeuren. Ik ben niet onfeilbaar.'

Ze schoof nog iets dichter naar hem toe.

'Wanneer vertel je de moeder van Annemarie van Grevelingen wat er die bewuste zaterdagavond precies gebeurde... en wie voor de dood van haar dochter verantwoordelijk is?'

De grijze speurder staarde nadenkend langs haar heen en antwoordde niet.

Mevrouw De Cock tikte met een kromme wijsvinger op zijn knie.

'Vertel je het haar?'

De Cock keek zijn vrouw aan.

'Mevrouw Van Grevelingen,' sprak hij zacht, 'heeft op de steen op het graf van haar dochter laten beitelen: *Mij komt de wraak toe. Ik zal het vergelden... spreekt de Heere.* Zij gelooft oprecht in die tekst en ik ben bereid om haar in dat geloof te volgen.'

Mevrouw De Cock keek haar man verward aan.

'Wat is er dan... die wraak, die vergelding is toch gekomen?'

De grijze speurder knikte traag.

'Maar om in Philip Achterberg... een drievoudig moordenaar... een werktuig in Gods hand te zien... daar heb ik wat moeite mee.'